流过的泪是爱过的证明

秋日细雨 / 著

中国华侨出版社

图书在版编目（CIP）数据

流过的泪是爱过的证明 / 秋日细雨著. 一北京：
中国华侨出版社，2016.5

ISBN 978-7-5113-6068-7

Ⅰ.①流⋯　Ⅱ.①秋⋯　Ⅲ.①散文集—中国—当代
Ⅳ.①I267

中国版本图书馆 CIP 数据核字（2016）第 114620 号

流过的泪是爱过的证明

著　　者／秋日细雨

策划编辑／周耿茜

责任编辑／文　蕾

责任校对／孙　丽

封面设计／柴杜靖

经　　销／新华书店

开　　本／880 毫米 ×1230 毫米　1/32　印张 /9.5　字数 /154 千字

印　　刷／北京中印联印务有限公司

版　　次／2016 年 8 月第 1 版　2016 年 8 月第 1 次印刷

书　　号／ISBN 978-7-5113-6068-7

定　　价／35.00 元

中国华侨出版社　北京市朝阳区静安里 26 号通成达大厦 3 层　邮编：100028

法律顾问：陈鹰律师事务所

编辑部：（010）64443056　64443979

发行部：（010）64443051　传真：（010）64439708

网　　址：www.oveaschin.com

E-mail：oveaschin@sina.com

目录
Contents

第一卷

隔着光阴的暖

这些暖啊，被阳光晒成了影子，

斜射在墙上，地板上，

还有窗帘的缝隙间，

异常散乱，乱得眼眶迷糊，

生出了一层层幻境……

第一章
惹一身梅香

冬日里，光阴很短暂，时光很羞涩，太阳总是时不时躲进云层。

下午闲时，我去看了蜡梅。还没有走近，就闻到诱人的香味，不是很浓，但一闻就仿佛吸走了我的魂魄。

记得第一次见到蜡梅，是很小的时候。那时候只觉得蜡梅有香气，颜色鹅黄，不是很艳，淡淡的气味特别好闻。

长大了，就觉得冬季，只有这花朵才特别的安心。万物都枯萎了，除了花房，室外所见之处很少看见有颜色的花朵。能在寒冬腊月的野外看见这样的暖色，已经很是稀奇了。

所以每到冬天的这个时候，就盼望着蜡梅绽放。

我喜梅，不仅仅是因为梅的味道和颜色，而是喜欢梅的那种风骨和傲气。

冬天，室外一般很少见到艳丽的花朵，到处都是萧条的景象，这个季节只有蜡梅是最惹眼的风景。清冷的枝头，偶尔看见两三枝枝丫上还残留一些枯黄的叶片，而梅，却在寒冷的枝头傲然绽放。

记得去年，我一个人去看梅。晚了一些时日，很多花儿都开始枯萎了，当时的心情特别沮丧，因为我不喜欢看到惨败的景象。我宁愿自己没有看见那一幕幕凋零，那时，心酸得呼吸都带着疼痛。

那些枯萎在寒风里饱受摧残，花瓣儿，一朵接着一朵地往下掉，遍地都是，满目的惨景，让人情不自禁地倍感酸楚。我站在那里，心，一直一直低沉，仿佛有一股冷的气息在内心里凝固着血液，不忍心看了，真的不忍心。

所以今年，我一定不能误了时辰。因为我怕冷的气息再一次窜进体内。

山顶上，闲人不是很多，有一点清冷。我不在乎这些，一个人最好，一个人就足够担任这份沉寂。一个人在冷风里享受孤寂和风霜的凛冽。还可以任意放任思绪缥缈，念一个人，想一些事，把时间一点一点地揉碎，而后，再放在心里的某一个位置，不会担心被遗失。

蜡梅一树一树地开着，妖娆得心想跟它们一起盛开。光秃秃的树干上，配上娇艳艳的嫩黄，这画面有说不出的喜色。我想到一个词语"枯木逢春"，就是它了，就是这种心情，这种底色。

小小的梅朵，有半开的，有全开的，有含苞欲放的。但我更喜欢半开的那种花束，像羞涩的女子，沾着清露，有一种娇羞，有一种"非分之想的暧昧"。我凑近身子亲吻，立马就被这些气息包裹，沉醉了，被诱惑了。

漫山的梅香，就这样锁住了脚步，锁住了我的梦。沦陷了，只任凭风撩起发丝，空气中有回旧的味道，带着甜味，似远古的琴声悠扬，在空旷的上空漂浮，猝不及防地被击中了底线。似情人的温柔在耳边绕啊绕，缠啊缠，没有一点怯意，只想跟着沦陷。

山上的风越来越猛，有刺骨的寒意钻进了体内，心思被堆积得很深很深。

心被缠绕了，像被时间定格了这一刻的光阴，无法修饰的美，让这个冬的萧瑟荡然无存。与世间冷暖无关，与周围的一切染上春意，它们的绽放预示着，春，就快来了。

黄昏终于临近，有点不舍离别。我摘了几枝蜡梅，一路香气满身，暗香浮动，似春心荡漾。

回家找了一个精致的花瓶插上，就放在床头的书桌上面。满屋的香，把我的心思一点点散发，越来越浓。

夜里，我梦见了一树树蜡梅，娇艳地绽放，那香味一层一层将我包裹。

第二章

我内心的风景

一个人闲下来时，总会觉得无聊透顶。

于是，就想给自己找一些事做。哪怕只是一些芝麻小事，只要能让自己远离枯燥，那么，所有的心思就开始跟着瓦解。

我想起了前些日子买的一盆芦荟，很多天没有打理了。

从花贩手里买过来时，那花贩殷勤地说："这植物你不用多操心，很容易养活，哪怕你十天半个月不去打理它，它也会生机勃勃。"

　　我到不怎么相信这花贩的话。但对于花草，我是偏爱的，而且有着过分的迷恋，所以，我怎么舍得任由它们寂寞。

　　芦荟，一听到这名字，我内心的风景就因它而生动。早些年就听说这东西很容易养，可以食用，可以净化室内的空气，但最让我心动的，是它可以用来美容。

　　说到"美容"二字，就真的觉得自己老了。年轻时没有养它，是因为自己还不够老，忽而有一天在镜子面前看着憔悴的自己，那肤色，那沧桑感……才发觉，原来也会埋怨时间的刻薄。

　　于是，在一个下着小雨的早晨，我撞见路旁花车上的芦荟，细长的叶片上正有水珠一滴一滴往下掉，亮铮铮的，一下子就窜进我的心里，触及了我内心敏感的器官。我不是相信芦荟真的可以美肤，而是那水凌凌的绿，太吸引我了。

　　我的弱点就是学不会拒绝，尤其这植物听说浑身都是宝。

　　厚实的叶片，很饱满，叶边全都长着小刺，像是谁招惹了，时刻都准备自卫。小花盆也精致可爱，白底，细碎的青花，与芦荟的青衣十分相衬。我知道，我又动了心思，那是我内心不可抵挡的风景。

听说这植物养好了，还会开出绚丽的花朵，"芦荟花开，好运自来"，我不相信什么运气，但是长这么大，还没有亲眼看见芦荟开花。我想那绮丽的花卉了，带着美好，悄然而至。

最早我是不喜欢芦荟的。甚至有点讨厌，不是因为它的这个名字我不满意，而是那时候天生就畏惧有刺的植物。

年少时去一个同学家，偶然看见她家阳台上一盆满身长着青刺的东西，就好奇地伸手去触摸，忽然，我的指尖钻心地疼痛，一滴血瞬间冒出，那时候看见血液的东西，就晕场……以至于后来的后来，见到有刺的东西就远远地绕开。即便是艳得滴血，被视为爱情之花的玫瑰，都视它为严禁之物，所以那时我对芦荟的认识，就缺乏了一种喜爱。

再以后遇见芦荟，是在一个花圃里，和我最喜爱的栀子花摆放在一起，所以不免就多看了几眼。花圃主人以为我看上这盆毛刺刺的东西，就殷勤地介绍说："这芦荟的用途很多，可以说是花中之宝"。

我惊奇地张大了嘴，这种满身是刺的植物怎么可以和"宝"字沾边呢？

在他的解说下，我开始对这种满身是刺的东西另眼相看了。

原来，芦荟不但可以食用，还可以预防很多种病症，它排毒养颜，增强体质，杀菌消炎，净化空气……很多数不完的好处。几乎那一瞬间，我对芦荟有了莫名的好感，再也不讨厌了。

再次见到芦荟，且有了占有的欲望，是因为心开始"老"了的原因吧。

不再喜欢姹紫嫣红，独喜欢清幽，当然，芦荟就排在我喜欢的植物里。当我看见眼前这盆带刺的东西被我冷落了很多年，想想就后悔当初的决绝。

春去冬来，其他的花草都开始进入休眠状态，而芦荟依旧青绿，它就像一个素净的女子，不娇弱，不做作，端庄大方，优雅得体。无论什么样的季节都可以任意生存，而不施粉黛，都可以将清幽蔓延至葱绿。

人的心情都是跟年龄有关的，包括自己的喜爱。

早年我喜欢有颜色的花朵，如杜鹃、月季、黄菊花、串串红……然而那些近乎艳丽的花朵都在光阴的淘洗下，逐渐暗淡。

小半生过去了，连那些绚丽的艳色都失去了原有的味道。青青的绿多好，想想都招人怀想。世间里最心动的颜色莫过于它了。而芦荟就是最能接近体内的植物。

　　偶尔闲暇下来时，我坐在窗下，翻一本书，就伴在芦荟旁边。有阳光进来了，那青绿在斜射的影子里，就形成了一道道独特的风景，清清爽爽，干干净净，风一来，满身的疲惫就此消除。

第三章

来日也芬芳

周末，又去了一趟山上。

好长时间没来爬山，很多的草木变得枯黄，还有那些精致的花儿也不见了当初的美丽。唯有小野菊还坚强地绽放着，虽不是很明艳，但和一些枯萎的花草相比，已经算是这个季节里最惹心的了。

山顶的风吹来，多少有一些凉。虽南方的冬季来得比较晚，但给人的感觉还是有那么一些冷意。

　　树叶落了一地，踩上去哧哧地响，枯黄让人心疼，有一种不忍心的感觉。到底冬天了，连阳光的温度都失去了暖热，不再那么刺眼。这光阴是撩心的，只是，季节的遍地荒凉使人的心情多少有一些怅意。

　　这个季节，只有小野菊是视线的焦点。满山遍野不见了姹紫嫣红，只有枯黄的草木里，星星点点的花朵点缀着这季的风景。

　　在我的记忆里，最早的这种花是不起眼的。那时候只觉得它单薄，薄得那么低微，瘦小，瘦得那么心惊，好像风一吹，它们就会随时没了生命。但恰恰是这种不起眼花朵，才把生命力开得格外过分。它们毫无畏惧地绽放着，无关风雨，无关季节的荒凉，仿若那些美得动魂的花事跟它们不沾边。

　　小野菊的花语是：沉默而专一的爱。

　　我喜欢这样的性格，也喜欢这样的花语，更喜欢野菊的清馨、高洁。不喜欢那些开得过分妖艳的花朵。就像玫瑰，蔷薇，牡丹……尽管它们开得姹紫嫣红，倾国倾城，但我独喜野菊的清香和品行，不与百花争艳，不与其他花朵媲美，再加上"专一"二字，对它的喜欢就更深一层。

　　"专一"那是何等的深情？是什么的情感才配得上"专一"

两字，或许，在花束的王国里，只有菊才配称这两个字。人的感情在这个杂乱的尘世，能对感情专一人会有几个呢？

都说菊堪称君子，高风亮节，那么，一定是这些美得诱心的词汇，才让我情有独钟。

在南方，冬天来得比较迟，所以菊的花期就延伸得更长一些。

虽然时值冬天，但气候还是在十几度左右，丝毫不影响它们的绽放。漫山枯黄的草木里，照样还可以看见很多黄的、白的、粉的、紫的……很多种各式的小花，它们一样开得那么精致。

一朵朵像清秀的小女子，不急不慢，不慌不惊，就这样在稍冷的凉风里，随意摇晃着身子，妩媚而极致……心思被诱惑了，像我这样感性又容易动情的女子，我能不爱吗？能对它们舍去这份情感吗？

我爱菊，爱它的清香，更爱它的那种不拘一格的绽放。

野菊本就清雅，不畏寒气。一开就满世间的清香，满世界的爱呀，在耳边，在心里，满满地膨胀。

在百花凋零的季节里，只有它才可以开得那么深情。整个季节是冷寂的、安静的，而只有它开得那么的芳香。世间丰满了，情感饱满了，堆成重重叠叠，太多的心事在顷刻里瓦解。

爱是何等的情深，我宁愿自己就是一株世外的野菊，不畏寒冷，要开就开得盛世，要开就开得深情与缠绵，有时候明知道花期的尽头是末路，而依然把自己开得那么毫无保留。是因为爱吗？应该是，不然世间情爱为何那么多甘愿倾尽所有，而不悔一场爱恋。

每到这个季节，我都会去拍一些菊的图片，看见这些娇小的花朵，不忍心碰触它们的枝叶，我怕一碰就会痛了自己的心。最见不得自己爱的花凋零，那个零落的样子，仿若自己的心也跟着碎了。

太阳西下了，我还不忍离去。我怕下一次来时，一些枯黄已经将它们淹没。

我心疼这些花儿，是真的爱。不仅仅只是怜惜，而是它们独来独去，高风亮节的生存方式，还有一些深情又厚重的感情。

若真的有来世，我愿当一株小野菊。

如若有来世，我依旧开在心爱人儿必经的路旁，弥补今世的遗憾。

如若有来世，来日也芳香，来日也情有独钟，至情至深。

第四章

开到荼蘼也芬芳

　　说起杜鹃，以前不怎么喜欢艳色，所以对于它就多了几分生疏。

　　一直偏爱素色，一些太过艳丽的花朵就少于亲近。所以我养的花中，就只有栀子花、茉莉、绿萝、芦荟，还有富贵竹。

　　一次去菜市场买菜，偶然看见一师傅在一小车旁大声吆喝卖花，视线就不由自主地落在那些花儿上了。

　　看见满满的一车青红绿白，我惊讶了，惊叹养花师傅的技术，咋就把这些花养得那么好呢？那个绿，绿得惹眼，那个红，红得勾魂，那模样儿要多惹心就有多惹心。

车上有紫罗兰、月季、玫瑰、杜鹃，还有很多叫不上名儿来的植物……以前看见这些艳得耀眼的花时，最多也就多看几眼，不会有一种购买的欲望。

我的视线落在那盆杜鹃花上，厚实的叶子绿得发亮，枝干粗实，红得滴血的花蕊惹起心思痒痒。

那天，阳光也特别好，温柔的阳光射在那些娇滴滴的花朵上，心突然就被击中了，刹那间就起了爱意，买下吧，就是它了，买下它就属于你的了。

那时，我明白，有些遇见就是缘，有些爱就是瞬间的"一见钟情"。

杜鹃，在我的意识里，是那种特娇气的花朵，比不得别的花大方、洒脱。

听着名儿就会让人联想到一个女子，娇媚，温柔，且让人爱怜和喜气。本不喜欢艳色，可这花名，实在勾心，还有那些散发出的幽香，淡淡的，就那么把心牵住了。

原来，有的东西不是你说不爱，就可以随意放下，而是心由不了自己。

就像感情，经历了无数次波折。曾经你以为早已不在了，不再想起，不再回忆，便会日久淡忘。谁知，某个瞬间，不经意的碰触，你还是会对一些不再感兴趣的东西存有爱意。

杜鹃就是那勾魂的女子。

不论季节，喜温。只要是气候适合，就可以开得妖艳，开得风姿绰约，开得彻彻底底，不要命地一泄倾城。

那种花开的架势，像奔赴一场爱情，决绝，炽热，毫无保留地把自己奉献，甚至搭上自己的性命，也要将爱执着到底。

杜鹃，单独一朵或一盆，都有它不同的优势。

若是它们聚集在一起，那气场还要绝对地强大，没有半点掩饰，像一个个豪放的女子，连仅有的一点羞涩都抹去了。

红，红得滴血，满地都是血红，像被人精心染上的颜料，抹不去，洗不掉。那一刻，所有的情感都聚拢了，所有的爱，所有的所有，都在那一处红得发烫的血液里奔放……

这样的花儿能不爱吗？我做不到，做不到无情无义。

人都是感情动物，怎么能忍心不爱呢？

杜鹃花开，像流血，染红了一遍一遍，烧红了整个天空，它用自己的生命做了一生的赌注。所谓的杜鹃滴血，那是一种怎样的场面，如果用爱情来比喻，那就是一场血染的爱恋，倾了一世深情。

在所有的花中，只有杜鹃的红才可以和血液联想到一起。那个红，是有生命、有感情的。毫无顾虑地开了，不计较得失，不计较后果，且一开到底。

就如杜鹃的花语：我的绽放永远都属于你，要爱就爱得喜悦，要爱就爱得欣喜，永无节制。

女子都爱养花，无论什么品种的花都会有人喜欢。其实，很多花的性情和人的气息是相同的，你对它精心照顾，它就会长得越喜气、越开心，也会越来越丰盛。

视如杜鹃，不顾一切，不顾生死地从头开到尾，那场面怎不叫人疼惜？又怎么忍心不爱？它是在回报，在无私地奉献啊。

就如一个女子，对爱情的执着，对生活的向往，对情感的坚持。

即便光阴给不了什么承诺，给不了爱情的长度。

而依旧将全部芬芳，独自蔓延到生命的尽头。

第五章

紫薇啊！紫薇

下了几天雨，天终于晴了。

想着这梅雨季节，心情多少有那么一点儿潮湿。但终是对雨有着浓厚的情意，对于它的放纵，我不会埋怨。

很多天没有整理心情了，乱乱地，像这个季节落地的乱红，怅然，带着一点无奈。

前些日子上山，看见满山的紫薇已经等不及了，都花苞苞圆溜溜的，时刻准备着绽放，等着引长路人。以前，一直都不知道这种紫色的花，有那么一个好听的名字叫"紫薇"。

紫薇，初听这个名字像琼瑶小说里的人物，温柔，可爱型的那种，不张扬，不娇气，小家碧玉的女子。但是，见到紫薇花时，这种形象在我心里就变了味。它不但艳，而且还妖，加起来就是妖艳。

妖艳听起来有一点俗气，好像有一点不正经，但是，它们却掠夺了我的视线，霸占了这个季节的山头。

早上上山的时候，老远就看见那些粉嘟嘟的花朵，挂在枝头，树树争宠，说它妖艳，是很适当的。因为这个季节，整个山上就数它们最出色、最吸引视线。

其实，我是不喜欢这种颜色的，感觉那色彩看上去那么刺眼，一个个像妖精一样，拥挤在枝头，争先恐后卖弄各自的姿色。我比较喜欢素色的花，像小野菊、栀子花、茉莉花……那些淡雅的颜色才是我最欣赏的，尽管它们是那样的低眉。

这几天，一上山就看见这些颜色出现在我的视线里，不由得就对它们多了一些注视。花朵不大，也不香，花瓣细腻的那种，像绸缎扎成的粉状，形状有一点像蝴蝶。没绽开的时候，花苞是椭圆形，包裹得紧紧的。我就奇怪了，怎么花苞圆得那样好看，光溜溜的，像一个小铜球。

我知道，这小东西吸引我了，硬生生地往我心里挤，想夺取我的爱。

因为颜色太浓，我怕靠它太近，一不小心就沾惹了它的俗气。我这人没有多强的坚守心，尤其心太软，看见这些粉啊、紫啊的色彩，把这个季节所有的颜色都压下去，心里竟然有一些恨意。可是，我恨不起来，是因为心太软吗？也许我是同情了。

其实，紫薇花不易，它比不得春天里开的花，春天里的花大都是在温和的气息里绽放，而它开在四季中最热的月份，这个时候的天气，要多恶劣有多恶劣，要多坏有多坏，能够在这样的环境里笑颜如花，已经很不容易了。

夏天的雨说来就来，那个风啊、雷啊，有时候脾气来了，那架势真的大得吓人，我最怕雷电了，何况这些紫薇花，娇艳滴滴，怎么禁受得住风雨雷电的摧残。所以，我说紫薇花也很是不易。

这段时间，每次上山就看见它在我眼眉间晃动，竟然有那么一点喜欢上了。

它虽比不上栀子花和茉莉，但仔细观赏，也有它的可爱之处。紫薇花很有几种颜色，我所见到的只有白色、微红、深粉，具体有多少种，我也不是很清楚。

书上说，紫薇花又名"百日红"，意思是从六月一直会开到九月，花期很长。还有一种名字叫"满堂红"。我觉得什么"百日红""满堂红"这些花名真的很俗气，还是紫薇这个名字好听，它虽不是什么"小家碧玉""大家闺秀"，但是它的花色确实诱人，连我这么喜欢清淡素雅的女子，也会被它诱惑。

其实，我是很喜欢花的，说很，还有一点不够分量。应该说，狠狠地喜欢，尤其是那些素雅的小花小朵，无论我行走到什么地方，只要是入眼入心的那种，我都会毫不犹豫地拿出手机拍下。

听说紫薇的花语是"沉迷的爱"，还代表好运，我不知道是不是真的。我姑且相信它是真的。

六月走了，七月已经来了多日了，天气已经逐渐晴了很多。潮湿的心，是不是也该稍有好转。

我不相信什么运气不运气，但我还是渴望这个花语是真的，因为我已经开始喜欢你了——紫薇。

第六章

菊，美的盛放

这个季节，菊是最盛大的。

每年的深秋到了，凡是有菊的地方，都可以闻到它的芬芳，它怒放着，把人的视线紧紧地粘住。那风姿，那清味，还有那粉白黄相间的颜色，就像是一幅被人精心描绘的风景画，精致、典雅，让人说不出的喜爱。

风，总是最多情的，当你还没来得及欣赏，它早已把菊的情味送入到你的心里。菊，就是这个季节最独特，也是最值得炫耀的花，秋天，也只有菊的绽放才配称最盛大、最浓厚的花事。

菊，不妖娆，尽管有着五颜六色，但它在世人的眼里都是清绝高雅的形象。

我喜欢菊，尤其是那种在室外遍地生长的小野菊。青绿青绿的草尖上，那纯纯的白，黄黄的雅，粉粉的艳，都是我的喜爱。爱极了这种天然的纯色，不加任何修饰，就像初恋，纯情得没有一点杂味。

终归是女子，天生就喜爱这些花花草草，对于这种野生的小花，尤其偏爱。

菊，我喜欢这样叫它，不喜欢叫菊花，总觉得加一个花字就诋毁了它的高洁，显得低俗。

早年很小的时候，就喜欢菊，记得那是第一次去一个同学家里，看见她家院子里有很多种类的菊，有黄色、白色、紫色、最为突出的是黄色龙爪菊开得最张扬，拳头大的花，细条儿的花瓣紧密地处在一根花枝上，我担心那细小的枝干承受不起它们的压力。那姿色整个的妖娆，我相信整个院子没有什么花可以和它媲美。也许年少的原因，那个时候特喜欢那种张扬，一下子就相中了它，还缠着同学的爸爸送我一盆，事后拿回家当宝贝一样养着。

长大以后，不再喜欢张扬，于是对那种太过张扬的花失去了耐性。且偏爱一些素色的小花，尤其是这个季节的小野菊，每次上得山去，都会撞见满山遍野的小欣喜，那个颜色虽比不得室内的花种，但一眼就可以掠走我的心。

小野菊，就像一个普普通通的小女子，清瘦、靓丽、不张扬，且用最简单的方式在霜风里生存，也许，就是这种不孤不傲，不焦不愁，才是最吸引我的地方，才让人对它情有独钟，念念不忘。

菊，清寂高雅，味，不是很香，却能绵延着淡淡的幽浓之情。我喜欢这味儿，就像一个女子思念她的情人，让人有一种怜惜的美，叫人放不下，舍不去。

深秋的山上，有一种凉入侵。我寻着菊的味道，一直一直走，那味就钻进了心里，只觉得进入到我的体内，附体到血液，那么悠悠浓浓，不是香，是灵魂在走样。

满满的山头，我看到了菊的风情，把整个秋天点缀。细朵细朵的小精灵，挨着连着，拥挤着，略带羞涩与纯情，乖巧得想把它们全都拥进怀里。我低下身子，用手轻轻抚摸，生怕弄痛它们的花枝，凑近低闻，好清香，整个身子也跟着香了起来，是魂香，我感觉到了。

喜欢，便会爱，就像爱情，一旦遇见就喜欢了，喜欢就爱上了。我爱上了这种魂香。

菊，不同别的花束，一般花期到了最后，不会枝离散尽，凋谢后仍然紧紧地偎依枝头，就像一场生死不离的爱，即便是枯萎到了终结，仍然不离不弃相守。

见多了，就有一种感情，还有一种致命的爱，每每上得山去，就有一种不舍的情怀牵住脚步。

我爱着，也心疼着，不仅仅带有一个野字，而是这些花朵开的时候，拼命地盛开，而凋零时，都是寂寂地逝去，没有多少人关心来去。

就像一场爱情，来时带着梦一般的美丽，走时，落寂到死，也不后悔。

第七章

那时，已不再

"那时，已不再"，敲下这个标题时，我不记得是什么时候写下的了，在我的印象里，好像已写了很久。

再次打开草稿箱，这个标题那么醒目。时隔一个段落，我依然把这几个字符放在心里。不再了，好遗憾，好不舍。不再了，统统都成了过去，成了时光里一道道痕迹。

那时的年华，那时的光阴，那时的……还有爱情，念起，好痛心。

那时，已不再，多痛心的文字。

时光走了，青春去了，那一段段曾经为之疯狂的岁月，张扬的青春，拿什么来祭奠，拿什么来回首，唯有记忆，唯有记忆是一张不朽的铁网，网住了我们每个人的心。

那时，好美。记得刚进入青春，一切都是美得撩心，看什么都充满了温柔，充满了希望和幻想，看什么在眼里都泛着青春的色彩。那个张狂劲儿总以为整个世界的花朵都在为自己盛开。

无拘无束，无忧无虑，可以满大街和自己喜欢的人，跑得汗流浃背，吃着永不乏味的冰激凌，弄得满脸都是，还哈哈大笑地你追我赶。

那时，唱歌也特别开心，不管曲调是否对，歌词是否是原版的，只要自己开心，想怎么唱就怎么唱，想怎么跳就怎么跳，唱得天昏地暗，跳得腿脚抽筋，汗流浃背。甚至，骑着自行车和一帮要好的穿过几座城，爬过很多山，想想那时，青春多值得回味。

那时候，多好。喜欢一个人，偷偷地喜欢着，不说出，就那样把一个人揣在心里，彼此都明白，但是都不说。不说出多好，说出了就有了依赖，有了私心，有了誓言，有了约定。

那个时候的爱情，是纯真的，没有那么多海誓山盟，没有那么多约束，也没有那么多小心思，喜欢了就是喜欢了，至于是否爱，应该不是懂多少，只知道，是喜欢，不叫爱情。

那个时候，没网络，手机很稀奇，上课传纸条，眉来眼去。写纸条最有趣，把涂鸦得乱七八糟的图案和言语，趁谁和谁不注意的时候贴在那个人的背上，头发上，谁也不准告诉谁，事后笑得眼泪都流出来。对了，那个时候写情书，最是热心的小道消息，谁追谁了，谁又拒绝谁了，谁和谁又和好了。

事隔多年，我依然记得那时的景，那时的人，还有那时的爱情。

学校有几棵桂树，每到秋天，那绿得发亮的叶儿清幽清幽，散发出诱人的色彩，像初恋，那么纯，纯得不掺任何杂味。桂花开的时候，那香味越发诱惑人，每每路过，忍不住想偷窃几朵。以至于每到桂花开时，我抽屉的书本里，总会看见一些桂花，我知道是那个人偷偷放在书本里的。翻动时，哗哗的书页声，飘出缕缕的香，书页是香的，连触摸的手都是香的，惹得情思泛滥。

　　还有栀子花开的季节，我的书里总会飘出栀子花的香味，惹得一些女生忌妒得眼红。

　　那时，喜欢一首歌，就天天唱，吼得声音嘶哑，都不想停止。记得，那个毕业晚会，第一次喝酒，以为红酒不会醉人，一口气喝了一个底朝天，结果醉到稀里糊涂，抱着一个人大哭，说了一大堆糊涂话，事后经常她们提起这件事笑话我。

　　青春就是青春，没有人会把握那时的光阴，那时的爱情。那时，总会不小心弄丢什么，就好比，我不小心，把他弄丢了。

　　张扬的岁月，全是青春青涩的味道。

　　是夜，那么暗，有点凉。我在寂静里回味那些回不去的。

　　爱情有多张扬，回忆就有多长，就像那些已不再了的故事，在梦里，在眼里，都是发黄的剪影，落了一地的伤怀。

第八章

隔着光阴的暖

终是晚秋，天气逐渐转凉。

而窗外，依旧有阳光进来，是暖的，那么俘心，伸手触碰，似有一层层旧事在靠拢，越来越近，越来越浓。

这时的温度在 20 摄氏度左右。靠在窗前，这温柔有点迷乱，带着旧了的人和事，一起落在眼里。是的，都是旧的，而这些旧，被暖暖的阳光照着，除了一脸的心动，还有一种流泪的感触。

　　这些暖啊，被阳光晒成了影子，斜射在墙上，地板上，还有窗帘的缝隙间，异常散乱，乱得眼眶迷糊，生出了一些些幻景。

　　于是，呼吸变得不均匀了，眼里，只有幻觉的存在。以前小心翼翼，生怕被碎了，而此时，依然有着最初的心情。可就是这一眼，就这么入了心，入了眉睫。

　　依着记忆，整理了旧时的故事，满眼的温柔不想再挪动脚步。忽而，想起了一句话，"被时光晒软的心情"是不是就这样容易被击碎心底的防线。于是，思绪决堤了，一些幻觉终于不听话地跑了出来，重叠又重叠。

　　有回忆的日子真好，即便是心荒凉到极致，总会因了一些人和事来缓解思念。

　　时光缓缓地移动，轻薄的棉麻衫衣有了暖暖的温度，细碎的小花面料，底色深蓝深蓝，印上光的影子，那情景就像旧时光里的小电影。古味带着陈旧，出落得格调都是那么暖意。

　　借着温暖梳理，引来了风的微动。于是，模糊的视线变得清澈，流动的光阴里，我看见了窗外有风摇曳在枝头，与时光低语，与花和叶碰触，成就了诗情画意，落成了一片景。

伸手翻开书页，有淡淡的薄纸味道，还带着一些墨味。

"用文字腌制时间，煮字疗饥，过鲜衣怒马的生活，享受银碗盛雪的闲情，指尖上捻花，孜孜以求，散发微芒。"

这是小禅书页里的一段话，我特喜欢，每每读来，都会将所有的烦躁散去。

于是，我触摸字迹，字字入肺，几分迷恋，几许情怀。捡拾了几行入心的文字，注上喜欢的标签，再到光阴下晾晒，直到香薰四起。

我承认，日子过得并不鲜活，有时候，还极度低落。但我想，我还没有到老的时候，我还有机会证明自己活得更好，更有自信和魅力。不是吗，光阴这么好，我没必要浪费，我得让自己在有生的日子，活成自己想要的模样。

感谢时光的赠予，我时常能闻到生活的鲜味，还能在疲惫的气息里，将日子过成诗，即便是有厌倦的时候，也是带着满满的欢喜。

周末外出，风摇曳着花香，熏得人的心有点儿胡思乱想。一路踩着光阴的细纹，像是全身都长满了温柔，那味儿，那风景，让人不经意间充满了幻想。风是柔的，暖得心跳，花儿是多情的，惹得情思疯长，整个身心在花草间流淌。阳光落在身上，时光的缝隙里，我闻到了旧时的暖，一层一层，一阵一阵在心底里潮涌。

越来越珍惜时光，总觉得，最美的光阴就是在眼前，在花草枯萎里，在阳光照射的每一寸缝隙里。有时，不经意间发觉，一些小事物，小欣喜，都会让温暖处处可见，指尖开花。

季节，又将翻开一页。一些故事，又将在新的章节里画上尾笔。

时光，慢了下来。我听见末端滑下的声响，很清脆，落地有声。

十月去了，冬的味道，在时光的扉页里，逐渐浓烈。这气息，有一股寒意，接近身体，很排斥。

我锁住所有外泄的热力，捡拾起记忆里的章节，让自己住在文字里。把一段段入心的字符，注上标记。

第九章
慢时光

我喜欢"慢"这个字。

再加上时光二字，想想都风情，把人的心思勾引起思绪万千。尤其对女子而言，不免多了一层遐想。

岁月不饶人，一年比一年长一岁。那些沾满暧昧的光阴啊，也越来越远了。越发感叹时间的流逝，也越发喜欢慢下来的心情。

"慢"这个字多好，闲情温柔，有一种归尘的味道，带着一股子的舒心，听起来让人骨头都软了。再细声念起，仿若像一条柔软的小虫窜进你的骨髓，在血液里纠缠着心不安宁。

慢慢地走路，慢慢地看风景，慢慢地在繁华的都市过一个人的时光，慢慢地爱着喜欢的人，即使不语，慢慢地……什么都是慢慢地，该有多好啊。

人啊，这辈子太短了，有时候想想都闹心。一生都在为生活奔跑，一生都在为琐事揪心。工作忙，生活忙，走路忙，吃饭忙，有时候就连我们睡觉都在迷迷糊糊里度过。

一想到慢，心里就紧张了，就叹息了。小半生都过去了，什么时候我们才能让自己慢下来，才能让自己不再那么忙碌，给自己一程清闲的时光。

年少时，觉得什么都要快，走路、做事、吃饭，都快得像一阵风，一扫而过。那时候，是因为我们害怕呀，怕时光走了，怕青春去了，怕爱情也随即转眼消失，怕幸福就在某个擦肩处与自己错过。那时，什么都怕，恨不得再有两条腿跟时间赛跑。

人生，总怕来不及得太多，所以那个时候我们要快，包括穿衣吃饭都不计较任何颜色和味道。衣不惊人，貌不修饰，只要对得住自己的胃口，只要生活是绿色，阳光有温度，就满不在乎地一晃而过。说白了，那时候青春就是绿色，不需要太多奉迎，过好每一个时间就是对自己最大的满足。

后来，又觉得时间太快了，一转眼，过往就成了眼底的风景。想留住一些什么，于是，赶紧把所有的绝招都用上，跟一些所剩的光阴多一些接触和拥抱。

再后来，"慢"这个字就成了我眼里最奢侈的单语。

走路不再快如风了，吃饭也不再狼吞虎咽了，包括做简单的事，都得想想前后的经过，慢条斯理。

其实，能让心慢下来，比什么都好。不再觉得生活浮躁，也不再计较生活的得失，不再纠结离去的、流逝的如何心痛，就连闲暇时看书听歌，都觉得那些光阴都长满了温柔，散发着过分缠绵的气息，让人在空闲的时间里给自己一个心有所属。不管饱满的、丰盈的、残缺的，全都捻在掌心，不忍揉碎，不想舍去呀。

前段时间心情不好，那时候内心就像有个魔鬼，突然就莫名地烦躁。于是，很久没有生气的我，演绎了一场"空前绝后"的剧片。事后和闺密说起，友说你还没有修炼好自己的性格，遇事还是那么冲动，出来走走吧，不然，你会把自己闷在屋子里让身体发霉。

那个下午，我们一边走一边说着私话。

风，很柔，柔得心碎，慢慢地游，连路旁的花草树木都发出清醒的味道，似乎所有的光阴都围绕在我们身边，很慢很慢地流淌。渐渐地，心安静下来，发现很多东西，其实，都是自己的私欲心在作怪。

友递给我一杯香茶，那冒着热气的烟雾瞬间熏热了眼眶。心，陡然湿了个精透。

深浓的下午，深寂的小径显得细长而绵延。偶尔，有风拂过，内心顿然清晰而生动。

有时，往往促使心里平静的，不是控制自己的情绪，而是在选择适当的环境改善自己的心情。那时，我明白了，修炼一个人的性格，不能全靠自己，得有外界因素的介入，纵然内心有阴影存在，也会在时光的消融里，淡化所有。

其实，人的本性就是被一种不淡然蒙蔽，如果，能在慢下来的时间里整理自己的心情，光阴，何愁不惹人欢喜。

第十章
小美可观

小美，既清绝，又高雅。

凡是沾一个美字的东西，都会联想到丰盈、饱满，且有一定的深度。

比如秋季，就美得动心。你看，光阴凉了，时光瘦了，连服饰也嫌薄了。就那么薄薄的一层，略显秋的凉有多撩心。

前些日子小歇，外出走了一圈。其实，很少有时间让自己真正安静下来，说小歇只是给自己的内心充一些养分，太缺乏精神上的供养了。整天繁忙的工作，生活的负累，压抑得心渗出层层倦意。

真的是光阴越来越老，人也不经意喜欢上了一些淡雅而安静的东西，一路看见细碎的小花小物，那些景啊！才感知到美不言说，心情就免不了激动。

我写了无数个版本的秋，但都不能把自己的心情完全表达。

这个季节的美，只用文字是写不完的。

到底是凉了，早起加了一件薄衫。撩开窗帘，有清新的空气进来，我看到了秋色，正轻轻向我走来。有薄雾，不是很浓，慢慢地靠拢，在我脸上，手上，又似心上。来不及梳洗，这正是我最需要的感觉，不能放过。

匆匆将自己打理了一下，穿上一套休闲运动衫出门，我要去跟这个深秋的早晨约会。

都知道桂花开在八月，悠浓且又香熏满怀的桂，是秋季的主题。那个时候，我站在桂树下，那香味，那细小的花骨朵，铺满整个清晨的空气里，那时，我眼里只有它的存在，感觉自己又可以浪漫多情活一次。

一个人傻乎乎站在山顶，看着远处的天际一轮新日的出现，周围的空气里，只有自己的呼吸声，还有脚下草间露珠滑落的破碎。偶尔寺庙的钟声响起，一声声绵延，像是敲打在心上，止住思绪蔓延。真是美得不像样，像一场爱与情的缠绵。

路边的小野菊，开得舒心得不像话，一朵朵，一束束，粉的、白的、紫的，拥挤在一起，像一个个羞涩的小女子，有的低眉，有的露出微微的浅笑，那风姿，那色彩，那些略带小家碧玉的本色，足以迷失我的心智。

午后，有温柔的阳光洒落西窗，这个时候是适合发呆的，暖暖的气流，围绕着，晒得人心生出水一样的柔情。落叶飘落窗前，很轻很轻，那细美的弧线，像一根根情丝勾引起心思疯长。

思念拼命地挤了进来，斜斜的阳光一层层，暖暖的薄了愁情，轻了负累。原来，生活也要学会享受，放松心情，一切细腻的零碎都是最美的光阴。

每天亲自打理自己的日常生活，给女儿们早餐，两片面包，中间一个煎蛋，再加几片火腿肠，还得给她们准备一杯牛奶。看着小可爱们吃得津津有味，心里的满足和幸福就膨胀了。

生活里，有太多丰盈的东西，都是在一些细小的事物感受中。有时候，虽然凉了一点，瘦了一点，或薄了一点，我们都可以在枯萎的季节里，找寻一些新意。如一个人闲的时候，可以独坐一会儿，就那么一小会儿，就可以让心情放飞，可以在凉的光阴里，让心生出许多意境。

再想想另外一些，比如，秋过了，冬天就快来了，雪就会开花了，春天也就不远了。想的时候，不过分，适当就好。

我是那么的喜欢，秋季的薄凉，既显小美，又显楚楚动人。凡是美的东西，都可以消除寂寞，驱赶灵魂的孤独。时光的轮转，就这样在我的思维里散发着层层惊喜，于是，所有的悲凉不见了，枯萎在我眼里都美得掉泪。

光阴太快，我须得急急地追赶，我害怕在季节的尾巴上，不见了它的踪影。越来越留恋一些时光了，越往前走，就越是念旧，就越是想把什么东西留住。

秋季又将滑向尾端，太愁人了，留住一些什么吧。

比如青春，比如情感，比如这个季节的小念。

还有一些美得落泪的画面。

第十一章
一纸秋

要论季节苍凉，也只有秋季最容易惹人感怀。

每每这个季节到来，见得最多的是叶离枝头，满眼悲凉。这或许跟季节的流逝有关，无关乎心情，只关乎光阴的转换。

连日的几天雨水，心仿佛浸透了凉意，连骨子里的那股傲气都被消磨得了无踪迹。这个时日，阳光很少出现，偶尔露一露笑脸，也带着羞涩的表情躲进云层。

光阴，那么凉，凉得有点心疼，有时，就好像钻进了血液里，揪痛揪痛的。

很多时候，我感觉不再是自己，连走路都轻飘飘的。想写字，却无从下笔，不知道从何写起，该写一些什么，每次理好了标题，都放在那里好几天，不想动笔。整个心思没有头绪，像秋天的落叶，摇晃晃的，不知道飘于何处？

密友打来电话，问我的近况，在我一连串的叹息声里，即使我不说，她也知道我此时的心情。

"出来走走吧，你是憋在屋里闷坏了，才有那样的心情，出来散散心，也许就会改变很多。"

挂了她的电话，我没有犹豫，就简单地收拾了自己，带了一把雨伞外出。要知道，我是不喜欢打伞的，无论大雨小雨。只是她特别嘱咐，我得听她的，不想听她的数落，再说，我得自己心疼自己一回。

友是一位善解人意的女子，温柔善良，话不是很多，但每次总是在我最需要的时候，出现在我的身旁，跟她在一起，总会让心少了一些烦躁，多了一些安稳。

见面少不了数落我的不是，我也习惯了她的数落。其实，心里还是暖暖的。人啊，就是这样的简单，有时一点点温暖，都能去掉心里很多烦心的杂事，包括那些沉寂在心底的心事。

一边走一边聊着闲话，话里都是有关于一些生活琐事，还有一些私人小话。我的生活也只有她最清楚，所以我不会担心这些话落下把柄让她笑话。其实，我是一个不喜欢倾诉的女子，即便是再怎么清苦的生活，我也只能放在心里，一个人扛着。

那个下午，我们聊了很多私话家常，当我把心里的一切倾吐完时，我感觉那不是在说我自己，好像说一些无关于自己的事情，那么简单，那么随性，心里真的释然了很多。

其实，人最烦闷的时候，就是找一个人诉说，而后，迎着对面的风，深呼吸一下，再把所有的纠结和烦恼统统抛于风里，丢了，远了，什么都过去了。就像这个秋天，说走就走，说来，转眼又是一季秋。

被友说中了，雨又开始飘飘然然，地面越发潮湿了。路旁，除了桂树、满天星、串串红、小黄菊，还有一些叫不上名儿的小花。雨丝细细的，洒落在细小的叶片和花瓣上，晶莹晶莹，带着透心的那种凉味。是的，透心，就像穿过心房。

到底是萧瑟的季节，让人心不得不起了惬意。落叶一片一片，满地都是，连着雨水一起，分不清是叶儿沾着雨，还是雨沾着落叶，是舍不得离别吗，或是有很多来不及说出口的秘密，让彼此在这个秋风里难以舍弃？

随着一条不是很宽的小路，一直走，一直走，那个时候的心情，就像这条路没有尽头。一路上，黄的叶，白的花，凉的风，都呈现出萧萧的景象。

忽而，有一种想流泪的感觉，有点难受，我知道，是风，是风又入侵了我的眼，是秋的凉，又惹了我的心。

岁月就像一把刀，总是在一程程风景的背后刻上烙印。而光阴，就像风中的落叶，一些些瘦了，老了，一层层去了，落了。看见这一程又将离去，心头酸酸的，扭转身，止住快要落下的泪。

有时候想，老就老吧，没有什么难受的，只要心里装着一程风景，装着一个人，老去又何妨？老去，时光也改变不了初心。

路渐渐窄了，没有原来的宽，有点儿细小。就像老去了的光阴，很瘦，但瘦中略显风骨。

此处的风景，也许是路窄的原因，少有人过来。静，此时只有一个字来形容，这是我最喜欢的场景，仿若一些事，一些人，都在这悄无声息的环境里，隐藏，深埋，不再提及。

　　晚上回到家，已是很晚，我重新铺开了纸笺，我知道该写些什么了。

　　就写"一纸秋"吧。不然，我还能写一些什么，才可以记住，才可以不被光阴洗白记忆。

　　唯有纸墨，唯有纸墨才可以留住呀。

第十二章

忽而，那么想

忽而地，无比怀旧。是季节轮转的原因吗？

都说秋是最伤感的季节，也是思念最深的季节。我甚至骨子里都感受到，那些越来越远的光阴里，那么深，那么重，一根根，一线线，穿过心脉，在血液流淌的声息中，发出低低的喘息。我感受到了，空气入侵到心，很惊扰，很透彻，夹杂着刺心的味道，穿透肌肤。

我甚至想到，风吹落叶的声响，像是曾经的一场相遇，那么美，美得湿润了眼睛。

窗外的雨，滴答滴答地下着，有屋檐低语的穿刺，有秋雨敲窗的微凉，有雨落心里的阵阵感伤。很久了，没有静下来听雨，而此时是那么想，那声音接近灵魂，带着诱惑的空灵。我喜欢这种声音，尽管有一点凉。

秋天的雨，像是在演绎一场凄美的爱情，缠绵、凄婉，似离别，似心疼，也似诉说。

想了，真的很想，突然地，就那么想一个人。此时，只有雨知道，我告诉它了，它为我滴落得更深、更响。风不会知道，因为我不想告诉它，我怕它泄露我的秘密，就像有句话说，想，是一个人的事，没必要谁知道。

那天，天很阴，只有零星小雨，我穿过深寂的小路，进入一条狭窄的巷口，忽而一眼好熟悉，那墙壁，那青灰，那古朴的味道，就像多年前我来过这里。是的，我来过，也许在梦里，那味儿那么重，似记忆里见过。

窄窄的小巷，深寂悠长，两边的墙壁淡得失去了尘味。忽而，我想起了戴望舒的《雨巷》，那个丁香般的姑娘，可惜我撑着的不是油纸伞，也不是那结着愁怨的姑娘，我只想逢一段老去的时光，在心上，在记忆深处，不让灵魂走样。

就在那条小巷深处，我迷失了，我仿若穿越了时光，那清幽的古朴香，似一条无形的彩带，缠绕得呼吸喘息，像梦境，带着梦幻的迷离，那么饱满，那么充实，好像填满了整个心房。意境浓得过分，我一直往深处走，像似有人牵着我的手，想要穿越。

很久没有上山，连骨子里都变得懒散。光阴啊！真的愁人，一季风景去了，光阴又老了一程，那个心不由自主地就生出许多痛惜。

记不清上次是什么时候上去的，今儿上去，竟然有一种感觉不想下来。看着慢慢变黄的青绿，心好惆怅，太愁人了，没有什么比一程风景的流逝来得揪心。好歹是喜欢秋天的，那些纠结也一晃而过。

听说，桂花要开了，所以今儿起得特别早，看着满山的桂树都挂上花骨朵，那个香就好似钻进了心内。真的不想离开，太惹心了，满满的那种幽浓，过分得有点招摇，说不出的贪恋。

风，轻轻地，那么柔，香味越来越近，直入心肺。"风动桂花香"就是这个名字，我记起了雪小禅的这篇散文。"是什么在动？是风在动。风吹着桂花，扑入心，扑入面——可真香。香得浓郁，又香得空灵，这是八月，我走在桂树下，似走在前世。"就是这种意境，我想起来了，想起她笔下的风动桂花香，真的很香。

很小的时候，我不知道它叫桂花，以为花都只是长在盆里，也不知道桂花还可以长成枝叶繁盛的树木。那时，只在盆里见过，觉得它是娇气的，和别的花一样，需要人精心培养。它们的香味太过放肆，不敢接近，怕沾惹了妖气。一般太过浓烈的东西我都不怎么喜欢，就像感情，浓了怕离散，淡了怕疏远。

小禅说，桂香是妖，即便是你不喜欢这种香味，但只要你见到它，闻到这种味道，你就中毒了，想躲也就躲不开了。就像爱情，一旦染上那份毒药，你躲在哪里，它都会在光阴的缝隙里，随时跳出来缠绕到你没有呼吸。

今儿，我见到了，也看到满树满树的花骨朵，我躲不掉了，真的逃避不了了。

八月，想象着满山遍野的那个香啊，就入到骨子里。

香吧！我不用怕了，也许，在这个桂花飘香的季节里，我会试着让心情疏离一些过去。

风动，桂花香，真的很香吗？

忽而地，那么想，那么想，想那个桂香幽浓了。

那一日，我走在桂树下，就像我又走回了前世，有你，有我。

第十三章
风动，菜花香

惊蛰过了。仿佛一夜过后，春就真的来了。

风，也在一夜之间醒来，把所有的枯黄都重新轻吻了一遍。于是，一些青绿啊，都在枝头渐露青的衣角。气温也开始活跃，渐渐地有了灵气，有了馨味，有了好感，就连一些小心思都鲜活得有模有样。

一切都清香了。杏花、梨花、桃花……还有那些藏了一个冬的鸟儿，它们都起劲地在枝头跳跃，叽叽喳喳地说着情话。

细胞被春的气息灼烧，有激情在血脉里潮涌，仿佛风贯穿了肌肤，惊醒了春心。

登录网页，一张张都是春的图片。先是梅花，后紧跟来二月的红，三月的白。还有最惹得春情泛滥的，要数三月的油菜花了。

密友发来图片，那是广汉西高这个季节最值得炫耀的油菜花地，一看到照片，我就后悔死了没有跟着去。铺天盖地的金黄，在阳光下黄得刺眼，酥得入骨，迷得锥心。

一大片一大片，像是铺上的黄缎面料，惹眼得情怀在体内燃烧。如若，那时有风在吹，我想象不出用何样的词汇才可以把它们形容完美。春风多情，即便是我不能形容，我也能感觉得到那无边的海浪，一层盖过一层，一浪，又接着一浪，没完没了，没完没了的浪。

就像爱情，浓得人心，痴缠又痴缠，绵延又绵延，还是不够深，再加重一层，才过分。

那场面要多热烈有多热烈，要多张扬有多张扬，像风景复活，像时光又把青春轮回，把整个人的心都陷进去了，想出都出不来。

风带着花香，过分的浓烈，有点梦回前朝的味道。全部的黄，分不清东西南北，只知道那是菜花的妖娆，风是她们的奴仆，妖媚得路人迷恋又迷恋，沉醉又沉醉，不知归去，不知归……那香密集得散乱，直接进入体内，浓得人心想要逃离，可是，挪不动，挪不动脚步啊。

风中有丝丝的声响，我听见了那是花开的声音，滋滋地在枝头发芽，嘣嘣地在心里乱跳。那么近，那么近地贴近脸面，完全没有了退路。

朋友的声音在电话里急切地叫我，你干吗不来，说好一同来的，就知道整天把自己忙碌。语气里尽是埋怨，和对自己的薄情。其实，我是很想去的，真的很想很想……只是很多事情由不得自己。

那个时间，我把自己困在那些画片里，写下如此激情的文字。

听说西高的油菜花"挨到挨到"的开了，很热烈，很张扬，铺天盖地，处处都惊讶得不得了。那颜色，那架势，还有那味道……我想去看那菜花咋个的妖艳，想去看看遍地金黄浩

荡的阵容。还想摘下春天的颜色，做一个花环，再梦想做一回
美丽的新娘。

　　只因为这是春天，我不能拒绝，也拒绝不了呀。

第二卷

最是薄情也深情

风，来了。思念，也来了。

心念一个人时，大致就是这种气息吧！

就是被什么东西触及，

忽而，就那么把心事掀翻。

那些情感啊，也跟着跑了出来，

不分深浅地蔓延又蔓延……

第一章

二月里的情书

开春了。又是一年，时间过得好快。

新年里，一个人待着，不想动，即便是新春的这些气息，也没有太多的欢喜。一年的时间就这样过去了，说不出的落寞。偶尔翻看年历，数数流逝的光阴，整个人都陷入了惆怅。

这个冬天，一直期待下雪，可雪始终没有让我如愿。而那个梦，却在心里烙下了阴影。

多阴的日子里，除了上班，打理生活，照顾孩子，而后就是敲击冷冷的键盘，把冬的寒气降到最低。偶尔也会发傻，一个人在冬的夜里奔走，那风有多冷，雨有多湿心，全都不顾。

午后，我在窗下看书，有细碎的光照进来。抬头，阳光从窗外走进，很清晰，很柔软，有种入骨的温情，在我体内一直蔓延……伸手触碰，那温柔就在体内滋长，细细柔柔，清清爽爽，把这个季节所有的寒意抹去。

有时，好时光会焕发出不同的心情，正如此时，我在文字里和心游走。一些小小的心结就在光阴漫卷里灰化成落地剪影。一个人的世界，装满惆怅，还有一份深情，有一份相思，有一份惦念，外加一份不为人知的秘密。这样的日子多好，偷偷地念一个人，如是中了毒的女子，那些贴心的、温暖的、凉薄的，全都不在乎。

其实，能暖我的，也只有这些了。我亦不说，也不再言语，我只希望这个春天，桃花开满三月的枝头，风信子来时，那芳香的气味，那时，就当是你给我最美的信息。

窗外有棵梨花树，枯黄的树干上，冒出了很多精致的花蕾。有瘦小的，有饱满的，有含苞欲放的，还有绽放成花的。这些我不在意，我只在意这个季节春天又轮回了。树丫上有了春的新绿，几片初叶在风中摇晃，春情，从此就开始了滋生。

手里的书是沈从文的经典情书，刚好读到这一句："梦里来赶我吧，我的船是黄的。尽管从梦里赶来，沿了我所画的小镇一直向西走。我想和你一同坐在船里，从船口望那一点紫色的小山。"

有梦多美，每个字都带着浪漫和温柔，且心念不息，夜不能眠，即便是睡着了，梦里都有一个人的影子。若心里装着一个人，想必世间情爱，莫不过深情如斯。

我亦是善感的人儿，读到如此深情的文字，那一刻，所有的情绪瞬间被柔化了，如二月春风淋浴，内心早已被湿得彻底。一个画面清晰地在脑海浮现，我看到一个孤单的人影，在一叶小舟上，眼里满是深情，嘴里念念如斯：你来我梦里吧，让我拥有你的温情，来梦里，来梦里就知道我有多爱你。

幻影散去，那一刻，心情被左右了，内心霎时的惆怅，读他一如读自己，陡然，我泪如雨下。

此时，太阳偏西，阴暗的房间里，少了温度。我承认，冬日里，我渴望温暖，我期望心被温柔包裹，还有雪花多情的临摹，我甚至，无数次的任性，谎称那是无意地说错。

一个人的情绪随着环境的变换而改变，曾经，无话不说，浓了彼此的那份情，也温暖了生活的每一寸光点，因为彼此懂得，我不说，因为心念，我一直记着。而今，相对无言，我也不问，你也不再相牵。

放在手上的书，再也翻不下去，我怕那些多情的文字又惹湿了我的眼。亦不是矫情的女子，却把自己陷在那些风景里，出不来，也离不去。总有一些言语令我泪湿眼眶，虽不够深情，但记起，且是我心头最温暖的、最彻底的对白。

二月，心情在窗外翻飞，为一些忧伤的故事而情绪低落。你的城亦无信息到达，我的城，虽有阳光，而内心清冷得刺骨。

终于，都沉默了，不再说出，而那些心念却在千山万水里深情着。只因为，你来过，我亦记得，你也当记着。

或许，我喜欢的风景，就是一眼入心的那种怦然心动，一触及就可以令内心长出很多温柔。

曾经，我贪恋鲜衣怒马。

而此时，我迷醉那些有香气的素白素白。一如此时窗外的梨花，在素锦时光里，开出自己喜欢的颜色，一朵、两朵、三朵……而我，只钟情最喜欢的那朵。

　　原来，有的情一直在心里，虽未曾说出，念你时，已如梨花雨，坠落……

第二章

最是薄情也深情

春来了，开了很多桃花，惹眼得心急。

一直都想去看的，只是年后人就变得懒散了，不想动，但又禁不起暖色的诱惑，总想着去看看，哪怕一眼，也会让心情多一些春的味道。其实，我是喜欢有情调的日子，特别冬日过后，这个春情渐长的季节，那些绿呀，花呀，就成了心里最贪恋的颜色。

说到桃花，开始，我对这花不怎么友好，总觉得桃花太妖艳，像一个春情散发的女子，处处都在卖弄自己的风情。但是每到这个季节，总经不起它的诱惑。心里忌妒着，嘴上说着，但还是想着，惦记着。

从冬去的那一日起，就一直期望枝头的那一抹绿，那些星星点点的粉红，还有风里吹来的温柔，阳光下的花朵，日常里的心动。

我知道自己，还是舍不得那些春天里才有的情怀，尽管无数次说，看淡了，心静了，薄情了，可血液始终潜藏着不安分。粉红粉红的多好，想想多暖心，尤其是桃花，整个儿的妖媚。

午后，有阳光懒懒地爬过阳台，再从玻璃窗直射进来，于是，心动荡了，外出走一次，看看桃花去吧，尽管还不是开得很艳，我已经等不及了。这么好的时光，如果我辜负了，就是罪过。

于是，一个人兴致勃勃去看了桃花。

那些粉嘟嘟的花儿真的很美，美得炫目，有一种摄魂的幻觉，尤其贴在那些像是枯木的枝干上，整个地震撼人心。花蕊中散发着馨香，有光阴落在枝头发出浓烈的暖意，还有一对对小蜜蜂在花丛中飞来飞去。

桃花——每个季节都不缺席，几百年，几千年，年年循环。看见它开了，就知道春天隆重登场了，连湿湿的心事都是温的。无论是妖艳的、清纯的、落单的、成双的……都全部呈现。你只管站在树下听，听它们在风中呼啦啦地绽放。

站在园林的花树下，太阳光发出折射的光线，此时有影子在心里移动。

风，微微地吹来，是思念的味道延伸。心念一个人时，大致就是这种气息，就是被什么东西触及，忽而就那么生出了感情。光阴折叠了，在幻影里长出一堆堆记忆，被时光一点点加厚，又一点点消薄，而后，终于在一些散落的影子里，一边捡拾，一边流泪。

心里知道，有些情总是独守才会那么深浓，就如眼前的桃花。沉寂了一个冬，在春来的开始，终于爆发了，全都没法禁止，想收都收不住。"枯木逢春"连一些该省略的情感都毫无保留地张放。

我想起了桃花仙子的故事。她偷偷来到人间的时候，一次偶然的机会，邂逅了她心仪的男子——洮子。渐渐地，他们相爱了，而且爱得死去活来。但桃花仙子知道自己不属于人间，这种爱情是违反天条的，她怕给洮子带来不幸的灾难。于是，她只有假装把全部的感情隐藏，违心说出不爱他的语言，来疏远他们之间的爱情。

桃花仙子的话深深刺伤了洮子的心，于是，他也把自己的情感隐藏，开始变得冷漠。洮子说："我的心已经变冷、变硬，我爱你有多深，心便有多硬！我不是不爱你，而是我只想看看你的心是否像我一样因爱而冷！"

其实，他们各自说出那样绝情的话时，他们的心都同样比死都难受。爱没了，要生命有何用，这是洮子说的，他情愿让自己的死来惩罚桃花仙子，见证这一场爱情的决裂有多薄情和深重。

世间情爱，总有很多情深缘浅，那些情感至深而又不能长相厮守的爱情，总会给人一种撕心裂肺的疼痛。

这个下午，阳光很柔。我仿佛听到桃花绽放的声音落在了心头，在空气里潮涌，在光阴里晃动一幕幕幻境，与花草结缘，与自己对话……那些风摇啊摇，摇晃得心儿晃悠，既深情又薄情到心痛。

我拿出手机，一张接着一张地拍，那情景有多热烈，情感有多深重，只有枝头的桃花知道，而他不知道。

最怕看见花儿凋零，那场景绝对凄楚。尤其是风一吹，整个枝丫全都晃动，那些花瓣儿纷纷下落，像一场爱情的落花雨，瞬间就把心湿透。

第三章
三月花事

三月，一场花事隆重地登场了。

一些耐不住寂寞的花枝，早已在二月就偷偷撕开了面纱，露出一点点的粉红，像女人的肚兜，惹得路人想入非非。

那粉啊，绿啊，把整个春来的激情点燃。有点过分的泛滥，浓得人心想变成枝头的花苞苞，鼓鼓的，胀胀的，奋不顾身，彻彻底底开得决裂，开得张扬，开得没心没肺。

它只管绽放，才不管旁人眼里的忌妒，像奔赴一场久违的爱情，既决绝，又深情。哪管时间多长，哪管被辜负，哪管你在不在，来不来，什么都不在乎。

春来了，一头扎进红红绿绿里，心里软柔柔的，慌乱乱的，像三月的温度，暖得人心化成了水珠，一滴一滴往外倾泻……想挡都挡不住。那情啊，也泛滥了，成了灾荒。忽而，就那么把自己丢了。

三月天的颜色，粉的粉得撩心，红的红得勾走了魂，白的是白如雪啊。忽一夜春风里，就那么迷失了心。立在花枝下，那味儿就钻进了鼻孔，血液，还有每一寸肌肤，想洗都洗不掉。

空气蔓延又蔓延，全都是暧昧的味道，引诱着身子昏昏欲醉，昏昏欲睡。

春来了，心事也重了。想提笔写一封信给三月，却不知道怎么下笔。春情，这该死的"情"字，让人醉了轮回，迷失了本性。

我想写字，写春情，写一场花事，写三月的爱情。可下笔，心就慌了，不知寄给谁？谁又在念我？

于是我写下：

春风起，花色染尘心，枝头落红惹心事。

心惆然，欲写花间事，忽觉笔尖无人寄。

读小禅的句子，"为谁发呆？偏偏不是为一个人。只为这春色。因为无边无际，因为太紧密，就像戏里的锣鼓点响了，紧锣密鼓地开了，生怕赶不上。就想找个人，闲看这春色。"

我也不是为谁闹心，只是，心里总有一个影子牵着，就那么和自己生气。偏偏这春色，也赶上来，想躲都躲不开，愁心了，心事更加重了，还有那些绝情的话，说出后，就后悔得肠子都青了。

"杏花开了梨花开"，这是小禅的文章，我喜欢她的文字，喜欢得要命。读她的文章就像一个春情散发的女子，处处情丝泛滥，恰是三月的桃花，二月的梨花，粉的妖艳，白的惊心。让人有非分之想。

她说："白的这样惊人，粉的亦这样惊艳，可怎么是个了呢？没完没了，似一场盛大绵长的爱情，纠缠起来了，心里全是你了。"

嗯，我承认，我只是一个平凡得不能再平凡的女子，又怎么可以逃脱春情的诱惑，爱情的缠绵，何况这是三月，人间三月天啊。一场盛大的花事在等我。

等吧，等花开，等你来，等春深里，数着一路风景同在。

枝头开着桃花梨花，心里装着整个春天，只因为那一句，"心里全是你了"。

念这一句话时，连花枝都笑我痴，还有躲在暗处不开花的枯木。那轻微的叹息惊得人凉凉透心。心，微微地颤动了，有抽筋的感觉，原来，想一个人时，也会这么难受，像落红纷飞，美得心碎，美得心痛。

一边走，一边数着手里的花瓣，我希望数到最后是双数。好事成双，双数多吉祥，像两个人的爱情，缠缠绵绵，生生世世都是一辈子。

一辈子，一辈子够吗？

一辈子不够，我还想着下辈子的下辈子。等每个春的到来，你摘一朵花儿，插在我的发辫上，美美地醉几个轮回。

我要留住春天，留住所有的颜色，像三月天的嫣红，每朵都带着暧昧，沾着春露，还有红红粉粉的三月花事。

多好，全都在心里了。

第四章

若爱，请记我一辈子

北方的冬下起第一场雪的时候，你发来信息问我，你们那儿下雪了吗？

我回复道，我们这里很多年不见雪的影子了，真的好想去看一场雪，哪怕只有那么一点点，一小会儿，我的心也会有小小的感动。

你笑了笑说，真是一个情感细腻的女子。

那时，是夜里很深的时候，我一边写着文字，一边和你聊天。你说，你的城开始下雪了，是今年的第一场雪，不是很大，但足可以圆冬天的一个梦。我轻笑了一下，发出一个偷笑的表情说道，那么，今晚你就可以去梦里约会了。

你没有再言语，接着发了一段视频过来。

镜头里一扇开着的小窗，屋里看不见光影，只见窗外路灯的照射下，有雪花轻轻地飘落，发黄的灯光有点惨淡，伴着呼呼的风声。我把手机贴近耳边，有暴烈的声音在耳边响起，像是那雪花打在我的脸上，有冰凉的感觉入侵。

真好，这样的夜，这样的环境，我还能听见千里之外风雪的声音。那一刻，我的心像被什么东西填满了，饱满得像有情感倾泻而出，连夜深的寒意都远离了身体。

一直不喜欢冬天，但冬天有雪花，有你，有温情，就觉得这个冬夜被温暖包裹。

这个夜，是温暖的。我放上了李汉颖的那首纯音乐《用你的温柔取暖》，那缓缓的曲调竟然诱发我眼眶有泪流出。

不知道是自己太过感性，还是因为内心深处的情感压抑得太久，还是因为某种原因触动了心情，总之泪流不止，纸巾抽了一张又一张，还是止不住眼泪往下掉。

那曲调缓慢悠长，带着温情，把人的心思越发地往记忆深处挤，一种情感不由自主地让思绪深陷。

你说，明天应该会停一场雪白。你会去摄下很多雪景让我看到初冬的第一场雪。

果真，你发来了很多图片，有大雪压枝，有雪里嫣红，有洁白洁白的花絮，连长廊上满满都是，还有房屋、田野、山川、河流，到处都雪白雪白的。

我惊讶了，这样的雪景在你的镜头下，竟然是那样的美丽，不可形容。我一时找不到合适的词语了。

你还说，初冬的第一场雪来了，没有久违的欣喜和兴奋，你只看到莹莹的雪花，懒散地下着，不够大，不够暴烈，不够深厚，不是你想要的那种场面。你想象的雪应该是下在山野、屋顶，连同硬硬的公路上都堆积成厚厚的雪白。

那个夜，我做梦了。我梦见我的城雪花满天飞舞，大片大片的花絮，像鹅毛轻轻地飘落，落在了山川、河流、房屋，到处都是雪白。厚实地积压在枝丫屋顶上，像梦里的银色童话，那么美，那么醉心。

原野踏雪，它在飞，没有方向没有目的，带着我们满世界地乱飞。

那场雪，没有言语，什么都没有说出，只有簌簌的落雪声，夹杂着呼呼的风声飞舞。我听见落雪的声音在耳边，那么轻，那么柔，还有你的呼吸，带着热气，从嘴角散发出一层层薄烟，浓烈着梦境。你笑了，笑得很清脆，很浪漫，带着温情，温柔了整个世界……

都说初雪就像一场爱情，我信了。

只要你的城下雪，我总能听到你的声音。你说，又下雪了，下雪时特别想念一个人，你希望她能一起感受这种心情，特别浓烈，不需要言说，只一个字，一个表情，就能感受到彼此的存在。

我感受到了，每次听你的声音，我的内心都有颤动，像被温柔团团围住，不想挪动，怕一动这感觉就立马消失。

今夜，我在南方，你在北方，有点惆怅，连光阴都染上了清愁。原来距离也可以折磨人心。

今夜，我想再乘梦境，来一次约定。

那一场雪我会记着，虽然我们从未说出，那些雪花已经见证了我们一路的痕迹。

是夜，我在心里轻念，"若爱，请记我一辈子"。

第五章

红，灵魂的妖娆

　　说起红色，早些年，我最讨厌这种颜色。

　　总觉得红给人的感觉太过妖艳，而且俗不可耐，尤其是大红，最为突出。想到一身的红，就特别的压抑。

　　早几年，我的衣橱里看不见红色的服饰，沾一点红都不可以。

　　我自认为，红色，像极了烈性、激情、暴烈，如果用它来比喻一个女子，那就是野性的那种，无论她再怎么掩饰，血液里始终都潜伏着不安分。

每每看见电视剧里一身红的女人，就忍不住有轻视的倾向生出，无论是红得发紫的明星，或是没有名气的演员，总觉得红色诋毁了她们内在的气质。所以那些年，对于红，我的看法不可动摇，态度是决绝得有点偏执。

尤其那年，我看到这么一幕。一个身穿大红的女人，一头长长的秀发，修长的身子，外加惊世的容颜，连长得迷死人的嘴唇都涂抹上猩红。只可惜，这样绝世的女子在几分钟的时间里，就在红色的引诱下，结束了她短暂的一生。

当她在半空里坠落的那一瞬，我惊呆了。

所有的红"张牙舞爪"，艳如滴血，撩起发丝乱飞，那红，带着诡秘，沾着迷醉的气息，红得妖艳，红得触目惊心。我看到她的笑容，倾国倾城，没有一点遗憾，像是去奔赴一场极乐世界的约定，一点都看不出她的胆怯和后悔。

触底了，遍地的血液，一大片大片地蔓延，到处是红，到处是悲痛，带着凄凉，哭泣。

雨来了，湿得那样惊心，雨水，血水，血流成河。

满足了，解脱了，什么都不重要了。一瞬间的片段，把我的心揪得很痛，很痛。那一刻，我特别憎恨红色，为何把一个如花似玉的女子往死亡的路上引诱，还张扬得如此妖艳，罪不可恕，不可原谅，不可原谅啊！

如果红色是烈性，那么这一幕戏就足以验证了它的决裂。

后来遇见红色的东西，我就视而不见。我不是怕它引诱我走向死亡，而是怕自己一不小心就被它缠绕。

有时，你偏偏想躲避的东西，最终会逃不脱遇见。

一次去朋友开的一个精品服装店祝贺，进门那一刻，我的眼睛就被掠伤了。整个的大红，瞬间让我的心有窒息的错觉，我的视线躲避不及，击中了，心，真的被击中了，有激情在心底燃烧，不可抵御。

"十里牌红"，一听这名字就妖娆得要死。一屋子的艳红，什么旗袍、晚礼服……全都镶着金色的碎花小朵，都用细细的金线绣成，做工精致极了，金色和红色搭配，整个的华丽又显贵气。

我知道自己，还是不喜欢这些，但是我惊叹红色的诱惑力，又一次击中了我。这气场绝对激情、火热，像有什么东西在血液里沸腾，没有了退路，只能跟着这股气流沦陷。

开始我低估了这颜色的魅力，怎么就可以不拒绝了，怎么就可以不拒绝它的入侵，不拒绝它靠近我心里。

如果说红色是妖精，这一刻，我愿意被它缠绕，愿意被它诱惑，愿意被它带到地狱……甚至，我希望穿着一身红装招摇过市，我不会后悔这样的决定。

红，原来也可以让自己没了底线。

开始，我不再拒绝红色，很多时候，都想穿着一身大红满大街奔走。我要让别人眼里露出惊叹，长出忌妒，甚至恨都可以不计较成本。低贱了，坠落了，俗气了……统统都不在乎。

我现在知道，为什么旧时结婚非得穿红色，红的被子，红的盖头，红的嫁衣，红的花轿……从里到外一身的红，那气场多招人眼红，就是为了让人忌妒，让人不由自主陷在温柔里。还有夜晚红红的蜡烛，不就是为了让血液在顷刻间生出激情吗？

夜晚的红最为煽情，灯光下的红色也最为暖心，带着缠绵的味道，深深地沦陷。

我后悔当初自己憎恨红色了，后悔当初没有穿上红色的嫁衣，后悔那时把红色拒绝于千里。

我知道，来不及了，一切都成了过去，一切都被岁月抹杀了痕迹。

幸好现在还来得及补救。小半生过去了，让我重新恋了激情，恋上妖娆，恋上了血液里的那份涌动。

一切都不后悔了。我在想，还来得及吗？来得及吗？

第六章
蓝色的沉迷

对于所有的颜色而言，我是偏爱蓝色的。

蓝，有一种诱惑的力量，透露着一股子清冷，一股子高洁，有那么一些神秘，一些心动，还有一种吸引灵魂的东西，一直引诱我向它靠近。蓝，又像一个深沉、稳重的男子，把一个女子的心思勾得浮想联翩。

记忆里的蓝色，应该从少年说起。最先让我知道的蓝色是天空，那时候的天，蓝得没有一丝杂色，清纯得以为只有我的世界，才可以看见这些美丽，跟年少时的初心一样，纯净得像一张张薄纸。

长大了依然喜欢蓝色，但是，感觉变了。不再是最初的那种心情，而是这些蓝色，透着一股股吸引力，似旧时光里的那些心动，像过去了的爱情，不管唯美的、忧伤的，总有一些舍不去的影子，在幽远的光影里，散发出诱惑的光芒。

在我的意识里，蓝是最令人心动的颜色，也是最干净的，干净的东西就意味着饱满，像雨水，像露珠，像清澈见底的湖水，一眼就触及心底最敏感的部位。

于是，幻想有了，怀念有了，情感被丰盈，就连心思也被牵动着，缠绵深深。

蓝，就这样一直霸占着我的视线，居住在我的心里。以至很多年来，这种颜色就幽居在心底，舍不去。

蓝，直接挤进我心里的时候，是很多年前在一个电视片里（至于什么名字我忘记了），看见一女子穿着一身宝蓝旗袍式的长裙，从一个旋转的楼梯往下走。那姿势要多妩媚就有多妩媚，那气场可以直接抹杀她身边所有的女子。蓝色的服饰，蓝色的宝石项链，蓝色的手链，脚上配搭一双蓝色的高跟鞋，就连眉角上的眼影都是要命的蓝。

那一刻，我心生忌妒。这女人就是妖精，不然，她怎么可以把这种蓝色张扬得心痛。

其实，她的容貌说不上十分漂亮，只能说五官匀称，但是她的气质和这款蓝色的服饰搭配，那个时候，我觉得她是这世界上最妖的女人。我不拒绝妖精女人，反之，我特爱那种妩媚到骨子里的女子，一入眼，就会有一种"恨"的架势。

那一阵子，我迷死了那些蓝色，什么服饰呀，鞋子呀，围巾呀……只要入我眼里是蓝色的东西，统统据为己有。我是一个性格偏执的女子，且情有独钟。只要是自己爱上的东西，不管是出自何处何地，都不会贬低它在我心里的分量。

记得那年看上了一件蓝色的小碎花棉麻服饰，是一套。中袖短装小褂，V字领，裤装是宽松型休闲长款，就那款式，那蓝色，一眼就入了我的心，我站在橱窗外面，直愣愣地盯着模架上的衣服，就像见到了寻找多年的情人，直接坠入了情网。那个时候，那傻样就连店主都笑我傻得可爱。

没话说了，也不跟店主谈价还价，直接打包回家，那个欢喜劲儿，就像买到了宝贝。

最要命的是，一次路过一家卖艺术品的小店，看上了一个青花瓷的小花瓶。那样式小巧玲珑，白底蓝花，简约端庄，就像一位古典的女子，安静，略带羞涩地伫立在玻璃柜里。几乎一眼，就让我有了占有的欲望。

我迫不及待拿起来细看，怎知道，拿的时候动作过快，瓶口碰到玻璃柜边缘上，一小块碎瓷马上就掉了下来。霎时，我心疼了，我不是心疼钱的问题，而是痛心一件完美的瓷器就这样被我的粗心，留下了缺陷。

事后想想，都是蓝色惹的祸。

这世间，有人爱红色，有人爱白色，有人爱姹紫嫣红，而我却钟情于蓝色。

每每看见这些撩心的蓝，就会猜想，我的前生是不是与蓝色有关。或许，真的有那么一段缘在某个轮转的化身里。

以至于后来的后来。我的眼里，再也容不下别的颜色，只能容得下蓝色。

就像一场初恋，来的时候，就已经在心里扎下了根。

第七章

黑，寂寞的沉默

说到黑色，我不想过分刻意写它。

但对于黑，我有着特别的眷恋。和朋友聊起颜色，他说特别喜欢黑色，无论物体或服饰，都特别偏爱。

我也不例外。除了蓝色，黑色在我心里的位置就应该排第二了。

黑色在所有的颜色中，应该算得上是大色了。就拿衣装来说吧，走到大街上，一般都是黑色偏多，其他的颜色都算是陪衬了。尤其是黑白搭配，最为分明，也最为端庄和沉稳。

其实，曾经我是不喜欢黑色的，感觉那颜色给人很压抑，很沉闷，一种死气沉沉的气息。

尤其是很小的时候，亲眼看见穿一身黑衣的外婆被抬进一个大黑东西的木头匣子里，那个时候就特别惧怕黑色，一想到黑黑的一片，手心里就直冒冷汗。所以，小时候最害怕黑夜来临，怕无人的夜里孤单到落泪。

更害怕走夜路，如若硬要我外出，就须得至少三人，我得走中间。记得初中的时候刚上夜自习，每每夜晚放学我都紧张得要命，总觉得黑压压某一处躲着什么怪兽，或鬼魂，猛然跳出来吓我一个半死。

还好那时候同村的同学们知道我胆小，都特别照顾我。想想那时候有多惧怕黑色。

后来接触黑色是上美术课的时候。记得美术老师是一个很年轻的帅哥，他第一次走进教室，我们全班都惊呼了，尤其是女同学。那天，老师穿着一身黑的西装，立领的白衬衫，没有打领带，很随意地站在讲台上，那风度和气质帅得要命，迷死了那些女生。

老师上的第一堂美术课是素描，他讲解素描的几个要点后，接着用碳笔在平面纸上飞快挪动了几下，一个简洁的物体就出现了，接着又画了几张，很是活灵活现。尤其看了老师画册里的那些作品后，也喜欢上用炭笔勾画的物体。

原来黑色描绘出的东西，也可以那么美，真实，自然，简单到朴实，都是我喜欢的。尤其老师穿的那一身黑西服，至今我还可以想象得出当初的样子。

或许黑色也带有忧伤和深沉的成分，恰好我这人天生特别多愁善感，这种颜色很快就融入我的视线里。

再一次在大街上和电视片里看见穿黑衣的女人，就会多看几眼，感觉那黑太有吸引力了。一身的黑，带着神秘和诱惑，那么容易就把人的心给俘虏。

尤其是一次看见一位身材高挑的女人，上身是中长款黑皮衣，下身配搭一双过膝盖的长筒黑马靴，大腿是透明的黑丝袜，这还不够妖，最要命的是戴着一副黑色眼镜，那身装扮就像个女杀手。说实话我是不喜欢她的这身服饰的，我只是惊讶她怎么把黑色穿得这么妖娆，她走过的瞬间，周边人的视线都落在她的身上，那气场特别得有点过分。

再后来，我也开始选择穿黑色，但不会像她穿得那么妖娆。

我喜欢细棉之内的面料，穿在身上轻柔舒服，飘飘的感觉，有一种超然脱俗的气味。再加上一个黑字，有点深沉，有冷然和朴实的味道。

我不会说自己深沉，我只觉得黑色给人一种看不透的错觉。不喜欢被人看得太透，那样就缺乏了安全感，也许，所有的颜色只有黑色最好伪装自己，给自己一个安心。

终于明白，其实一开始惧怕的东西，并不是真正不可接纳，而是需要给自己时间去尝试。

我开始选择把自己隐藏，隐藏在黑色的外壳里。

当夜晚再次来临，我再也不惧怕黑色的包裹。黑夜吹风，午夜听雨，当寂寞一层层在身边蔓延，那时，只有黑的东西最适合隐藏心事。

即便是我喜欢到骨子里的人，我都不会说出那个要命的字眼。

夜，又是子时。我在灯下敲字，白昼的喧哗全都消失于窗外的暮色里。心，少有的安然，像被淡出了尘烟，不再为生活和情感琐事纠结，不安宁的心终在一片寂静里沉默。

第八章

今夜，我允许自己放纵

夏走了，我期盼的季节，终于姗姗来迟。

沉闷了一个夏天，心，都快生出老茧，满地的尘埃，都不知道何处安歇。

暮色黄昏，微凉入心。和前几天的三十七八摄氏度相比，这个只有二十五摄氏度的天气着实让我欣喜。

风，温柔得心生出一股股潮湿。

日光渐渐西下，我站在山顶，放眼无边的暮色，那心情，无法言说。舒心也有，落寞和惆怅也有，还有一些说不出的言语在心里膨胀涌动。不想回家了，真的不想，此时的心情，有一种想在山上过夜的冲动。

我不是和自己过不去，是真的不想回家，两点一线的生活让我厌倦得浑身都不是滋味，看什么都那么不自在。我朋友不是很多，也不喜欢热闹，也不那么容易把别人放在心里。即便是偶尔有朋友约我聚会，也把那份热闹置身事外，一个人坐在安静的角落，喝喝茶，听听歌，而后，将自己一人释放在音乐里。

夜，终于暗了下来，山顶的风越来越柔，越来越勾心，周围一片寂静，只有树叶儿在身边哗啦哗啦，那声音，就像一首夜的音符，在耳边轻柔地回旋。远处，城市的霓虹灯也亮了起来，但是，那耀眼的光芒却那么遥远和陌生。

我就喜欢这种气息，安静地做一个孤者，哪怕周围没有一丁点儿声音，只要，我还能听得见自己的心跳。

我开始数着夜空的星星，可惜不是很多，连离我最近最亮的那颗都是那么的模糊。我泄气了，为什么连星星也不陪着我一起寂寞。我不在乎那些了，就让我一个人寂寞下去吧，就这个夜，我会让自己的思绪，一个人彻彻底底地放纵。

周围有树叶发出的清香，是泥土的那种味道，很淡，但不失水分，很撩心，足够能勾起我对一个人的怀想。我知道，他不会感觉得到的，因为，从不说，即便是再怎么想，也只会放在心里。

手机有他上午发来的信息：秋来了，保重自己，不想说太多，你懂的。

短短的几个字，没有多少温情，但那一刻，我想落泪，尽管我们很久不曾联系。

有人说：念一个人时，每一分一秒都是奢侈的，即使不言说，心里也满满装着，不需要谁懂，只关于自己。

那个夏季虽已过了，但差不多荒芜了整个心情，空虚的心灵长满了荒草，那么散乱，烦躁得想逃离尘世。所以，我需要这样的夜晚给我清洗那些斑斓的痕迹，让心情还有言语可以在这个秋来的季节重生。

夜，就这样孤寂着，很静，静得可以听见叶儿落地的声音，我想，我是有些醉了，或许，我是有些困了，忽而，就想有那么一个舒服的肩膀让我靠着，听夜风拂过，听虫儿唱歌，一起数着天上的星星，什么都不说，就这样安静地靠着，多好。

月亮升了起来，不是很亮，朦胧的那种，依稀里，我还可以看见树叶儿的影子在枝头晃悠。这个夜，它们也和我一样没有睡下，也许，它们就像我一样，也一样需要释放。夜色这么美，没有人欣赏太可惜了，尤其没有两个人的世界，真的浪费了这些时光。

这样的夜晚，是适合爱情的，只可惜，爱情不再适合我了。那些年，那些月，那些日早已被时光淘洗，唯有剩下一身的寂寞，在夜色里沉寂。

我闻到了黑夜散发出的味道，淡淡的青草香，是风，是风送它们来的，我感觉到了，这味道，那么熟悉，像他的气味。

醉吧！想吧！我说了，今夜，只属于我，今天，我会让自己放纵，也只有今夜才可以这么放肆地把自己沉沦。

月儿又快躲进了云层，朦胧里，我看见那些模糊的影子，那么细，那么长，细得快要脱离我的视线。也许，我真的累了，不想再去追逐那些影子了，让它们离开吧！

这个夜，突然那么想去喝酒，虽然我不会喝，但我还是想让自己醉那么一回，人生能有几回醉？

　　前面酒吧的霓虹灯那么诱惑，看着发光的字体，我什么也没有想，直接走了进去。

第九章
仿若那光阴

八月的初始，还是如同七月那样炙热，我是一个怕热的人，终敌不过这熏得人心彷徨的气流。

于是，我选择了逃离。说逃离，有那么一点狼狈不堪，我狼狈了吗？也许是吧！不然，不会走得那么急，不会那么决绝，甚至，没来得及跟周围的人群打一声招呼，就这样远离了那些曾经看着就生厌的场景。

一个人走在铺满青绿的小道上，那空气，那味道，那感觉，是舒适的，舒适得有一种脱离人间的错觉。我知道，心是被尘世的烟灰熏撩得太久，还有生活里那些破破碎碎的琐事缠绕得失去了生机的气息。

终归是夏末到了，差不多还有几天就是立秋。那些小草啊，花啊，树叶呀，略带一些微黄，没有最初那么葱绿，加上夏火的炙烤，多少失去了原有的光彩。我不在乎这些，尽管不如最初明媚，但是这一刻，心是明净的。

许是天热，这里很少有人走动，看上去有一点冷落。但我偏偏喜欢这样的幽静，不喜欢人多的地方，这是我一直的习惯。也许，一个人习惯了孤单，就当它是一种享受，慢慢地，也就成了习惯。

一边看，一边四处游走，仿若，那光阴长在了心里，生生地定格了这一刻的存在。

我还是那个感性的女子，总见不得有一些温柔的场面，好比这时的光阴，轻轻一触，就柔化了所有的场景。不记得那些忧伤，不记得那些不开心的，也不记得昨天发生了什么。其实，一些事忘记最好，就怕你不能忘记。一个人，最失意的时候，就是选择怎么忘记昨天，记得今天明天还有明媚在你前面。

穿过一条林荫小道，地面堆积了一些枯枝散叶，看上去好久不曾有人来过，略显一些荒凉。荒凉，在这个炎热的季节，也许不怎么适合，但是此情此景给我的感觉竟然有一种冷的意识，的确有那么一点感觉。

小道上满是散落的叶片，我选择空地的一块走，不忍心踩上落叶，我怕踩痛它们，尽管它们失去了生命的迹象，但我依旧不敢碰触。这一刻，心，微微颤了一下，想必是这些枯黄逐渐走向了衰老，惹得我情绪低落。

路旁有很多花草，有知名的，也有叫不上名儿来的，但是这些都不重要，我只想现在的心是安稳的，就可以让心情随意释放。

此时，很想将自己变成一朵小花小草，安闲地在大自然里呼吸着新鲜空气，头上有蓝天白云，身旁有鸟语花香。风，还时不时载着落叶翩翩起舞，时而，还在耳边温柔地说着情话，想想这些都美得心醉。

也许这就是在喧哗尘世中待久了的缘故，看一切都是那么入心。

蓝天、白云、花草树木，还有风的温情，都让疲惫远离了千里之外。有时候想，人生最舒怡的事情，莫过如此。走在大自然的怀抱里，什么烦心的事就一了百了，看风轻轻地吹，看落叶飘舞，看云彩缓缓地移动，随手再摘一朵小花，种在心里，那味道，那清香，像爱情那么缠绵，如清风明月来去自如。

忽而明白，生活就是这样，要么一个在心上，要么一个在路上，走走停停，停停走走，这样就会释放许多。不管怎么说，生活总要继续，既然，我们左右不了事物的发展，那么，总还可以让自己缓解一些疲惫和压抑。

其实，人都有累的时候，心累，身累，我们总要给自己一个理由释怀。于是，我选择了离开。想想生活，有时确实累，但不管怎样，终归要走下去。虽然，每个人都是生活的奴仆，但是，我们没必要将自己推往死角，心累了，就出去走走，看看山水，吹吹风，淋淋雨，去掉一些愁绪，只有这样，很多不是事情的事情就迎风而解。

走过小巷，一些斑驳了的墙壁刻满陈旧的印痕，灰白的影子，好像又回到曾经那年，那月，那时光。仿若，那光阴从不曾疏离。就像身边很多事和人，即便是不曾说再见，但念一直在心里。

　　看见那些剪影，就会想象那些曾经唯美了心的颜色，原来，所有的一切都是美的，即便是有些情有些事旧到了无色无味，而一些故事依旧在心底温存。

　　仿若，那些旧了的光阴，入味，入心。

第十章
秋凉

很多天没有浏览博客。近来，人懒散了许多。

转季了，落叶一片片的飞，天渐渐凉了下来，到底是喜欢秋的，没有多少对夏的眷恋。

点击许冬林的博客，才发觉她又更新了文章，《新凉》这名儿好，我喜欢。我独对凉偏爱，凡是关于凉的东西，我都喜欢。

她写雨。听雨的凉，是在夜里，那么的潮湿，就像写我的心情。

恰好，我的城也下着雨，也是在夜里。于是，我提笔写下了那时的心情。

"秋日的雨，在夜里落下，脆生生地，从檐口滴落。那声音，像是在诉述一段陈旧的往事，苍劲而有声色地刻进记忆里。窗外的雨棚上，滴答滴答，很清脆，很动听，声声入耳，像是触及了心的门楣。"

夜里，习惯开着窗睡觉，我怕闷，怕夜色的寂静累积了心事。都说秋雨添愁，夜里更寂凉，我担心这个秋，我不能好好去面对，而消瘦了心，更加一层冷意。

到底是女子，对于雨夜的寂，就多了一层叹息。不是悲秋，是随心而发，是这个夜对某些人和事的怀念。

雨声一会儿急，一会儿缓慢，像一个个带着眷恋的音符，久久不肯离去，在窗台，在树梢，在叶与叶之间碰撞，甚至在心里，拨动一些未曾舍去的缠绵。我庆幸，我的思维还在，不至于这个夜里孤寂。但是，我害怕自己太过于沉沦，而在这个季节里丢失了自己。

这样的夜里，是没法入睡了。窗外，有朦胧的亮光闪现，那是都市霓虹灯的诱惑，还有街灯折射的光影，也还有我的灵魂在空寂的房间里游走。夜是醒的，我也是醒的，唯有这夜的凉是睡着的。无意识地裹紧衣衫，才发觉不知道什么时候这件衣服宽松了许多。

我知道，我不是清瘦的女子，瘦的只是我的心，像秋的凉，一夜之间扫落了那些发黄的叶儿。

我还在惦念那些时光，但是，我们都回不去了，回不去了。

突然之间，觉得过去是那么遥远，又那么近在咫尺，伸手，想触摸，却又感知远隔千里。时光终是瘦了，像是离开了许多时日，就像这个秋季，感觉所有的往事都瘦在一汪秋水里。

冬林说："我在雨声里，情怀缠绻，觉得自己就这样老了。是微老吧。微老应该是凉的。像银杏叶子在秋风里刚刚泛黄，黄得还未透，还不厚，还没有在阳光下耀金。"

而我说：我在这个雨夜，情怀是满满的，只是时光瘦了心，而心瘦了那些光阴。有时候倔强地想，老就老吧，没有什么可怕的，即便是秋天所有的落叶散尽，瘦成一棵枯树，也不会说自己老，我只当是季节去了，而心情，只是瘦了。

夜很静，静得有一点心惊，只有窗外的雨，淅淅沥沥地下着。忽而，那么不喜欢这些气息，就像不喜欢现在的自己，没有了睡意，还有这夜里的黑，那么浓，那么深。

窗外的雨还在下着，是夜，是声音在挽留我不要离去。听雨，那雨水的节奏，清晰得数得清滴下的颗粒，一滴滴，触动着往事。忽而，有迟缓的声音停顿，应该是雨小了下来，不再那么有着韵律跟心接近。

夜，寂静，而眷恋，略带一些叹息。雨声，一滴接着一滴，像一段老故事，虽然旧，却一直在夜里想起。

夜色越来越浓，凉，不约而至，心，生出了片刻的愁绪。但只有那么一会儿，就那么一会儿，那些节奏又在耳边响起，一些被隔断的音符又被链接，回忆被拉长了影子，在黑夜里沦陷。

这样的夜，好漫长，我盼望天快点亮起来。

我是喜欢雨的，一直喜欢，我喜欢独自在清晨的雨里漫步，走过长长的小巷，弯弯小路，还有长满青苔的台阶。还有那些风，带着清凉围绕，像梦，像雾，又像幻境。

这夜，太长了，我有些等不及了。

冬林说，还有半生的路要走，我们不能急，什么事都得慢慢来过，慢下来走。

　　是的，我们不能急，不然，很多事就那样在眼皮下偷偷溜走，想再转身时，已没了机会。

　　雨，还是停了下来，很静。偶尔一滴响起，那声音很柔，很润心。

　　细碎的声音，带着凉意。就这样不远不近，在心窗外，在漫长的夜幕中，那些不再触碰的事和人啊，就这么搁置心底，能偶尔地想起，也是很美。

第十一章
等雪来爱我

冬，来了多时。

南方的小城，依旧不见冷的迹象。

我是爱雪的女子，怎能容忍没有雪的冬天，想象着漫天的花絮飘飘落下，心，就柔软得想跟雪缠绵一生一世。

北方的天空，早已是银装素裹，遍地洁白，而我的城，小雪过了，大雪的节期也过了，依旧没有雪的影子。

每天都收到很多网友发来的雪景图片，那个心，就暖得湿漉漉的，我知道，不只是一张图片，而是一份来自心灵深处的情感，浓得过分地在心里蔓延。

翻看每张图片，张张都那么喜人，有雪覆盖田野，有大雪压枝，有红得惹心的花蕾被雪衬着，有古朴的房屋在雪地上倒映出古老的影子。小溪结冰了，河流被冻结了，细细的枝丫成了冰条，山川在洁白的世界里，壮观到了极致，想象不出那场面有多震撼人心。

每每点开空间，都是写雪的文字，那种羡慕不由而生。我也想写，写雪的洁白，雪的温柔，雪的浪漫，可没有那种亲临的场地，我怕我的笔墨写不出那种韵味，我怕我的文字贬低了对雪的深情。

想起北方的那场初雪，好多网友发来图片。

一大早从睡梦里醒来，习惯性点开 QQ，满满都是雪花飞舞的画面，白白的花絮飞啊飞，遍地的白，就好像那场初雪落在了我的心里。那个时候，整个心儿都湿了，湿得心思潮涌，眼眶发热，一滴泪落下，于是，我写了那篇《一枕雪》。

有时候，情意就是那么可贵，无论身在何处何地，真情就像一场初雪，柔得人心就像一壶温温的茶水，时刻暖着心底。

　　友说：秋，你来吧，来我的北方，这里的银装素裹定会让你留恋忘怀，这里的雪景一定会留住你的梦。

　　看见一张张写着我名字"秋日细雨"的图片，那一刻，心，越发感动。

　　写到这里，记忆又翻了一个画面，我想起了一个人说的一句话：落雪的时候，最先想到的就是你，因为你爱雪，你的爱就是我的爱，当雪花落满地面，就是爱落在了心里。那个时候，心思更加湿得没有了底线。

　　有时候想，友情就是那么容易让人迷恋，无论距离多么遥远，深厚的情谊就像一朵朵洁白的雪，飞啊飞，飞过山川河流，直达彼此的世界，于是，满世间的白，就浸染了整个心房。

　　忽而觉得那么满足，我的城虽然无雪，而那些纷纷的雪花已经落在了我的心里。

　　浏览一张张图片，其实，我的心里早已来过一场雪。

　　某个黄昏的街头，暗淡的灯光下，雪花飞舞。某个垄上的原野，柳枝挂满朵朵洁白，像银条，晶莹剔透。某个空旷的坝上，堆雪人，踢雪球，那笑声感染了天空，浪漫了情怀。于是，草木开花了，河水结冰了，连艳得发紫的花儿，都着涩地蒙了洁白的婚纱。

那个时候，就像自己亲临了一场雪景，满身的雪花柔得心醉，簌簌地落，慢慢地飘，那声音就像情人在耳边倾诉着情话。又像冬天里的童话，情丝缠缠绕绕，一层又加一层，那么厚，那么浓，那么醉心。

我开始盼望落雪的日子。

落雪了，心思就了了，落雪了，思念就浓了，落雪了，相思就融化了。

那一地的洁白都是满满的期待，满满的念。

还有，满满的爱……

第十二章
不想孤独

　　突然地，就那么厌倦了，厌倦到看什么浑身都不舒服，厌倦了每天两点一线的生活方式，甚至，连我最痴迷的文字，也在这些乏味的光阴里，冷落了。

　　很多天了，一直懒散着不肯动笔，我怕写字，我怕一开头心思就会泛滥，就像这个盛夏的热流，缠绕得没法呼吸。

　　但是，我得给自己找一份事做，因为，我怕孤独，怕沉闷的气息吞噬了我的存在。

幸好还有一个习惯，一个人闷时，就想找书看，那些什么电影，电视剧啊，热闹的场合都不适合我。越是孤独，越是想一个人独处，所有的外界因素我都想隔离。

夏就是夏，没有什么季节可以让人这么烦躁。

唯一能让我静下来的就只有书了。读雪小禅的《孤独的鱼》里面的开头语，"这人群，是水。分散着孤独，而鱼仍然孤独。因为鱼知道，游到哪里，都游不到另一个人的心里，她必须学会独自分享孤单，必须学会独自一个人，边走边唱。"开始我没有明白这句话的含义，事后细想，这句话真的很到位。

一个人孤独久了，渐渐就习惯待在自己的世界里，即便是，有时候想和另外一个人分享下孤独，也到达不了这个人的内心世界。于是，觉得所有的力气都是白费。

其实，我怕孤独，所以一个劲儿地忙碌。一个人静下来时，连空气都显得那么稀薄，怕一碰就破，破了就泛滥一地的湿润，捡都捡拾不起，心情就是那么易碎。渐渐地连心思都枯萎了，包括所有的那些曾经。

天，闷热得发慌，去外面买来冰棒，一口气吃掉两个，还是闷。要知道，我是不喜欢吃这些东西的，只因为闷，出不来气那种，哪知道这东西越吃胃越难受，像是要抽筋了。很辛苦，但是我必须撑住，就像生活，再怎么辛苦，我都必须撑下去，不说，也不喊累，更不会喊痛，即便是渗进骨髓。

安发来信息，有句无句地聊着，就那么断断续续聊了很久。

她说，我听，她笑，我也笑，说到难受处，她哭了，我的眼泪也掉下来。我知道她也和我一样，习惯了孤独，习惯把自己尘封，但是都彼此害怕这份孤独带来的心痛。看她写的文字，那个矫情得不成样子的女子，惹得我有一种想大哭的感觉，她说，爱一个人，心就那么没有了自己，我相信她说的话是真的。

她的字触及了我，就那么轻轻地碰一下，很痛很痛。

很多天了，我也没有多少心情写字，其实，有很多想写的，下笔却乱了。我写不出她那样矫情的文字，我怕泛滥，也怕潮湿内心，尽管天不再下雨了。忽然地，就那么厌倦了文字，没有了感觉，没有了灵气，心空空的，连同敲字的手指都失去了灵性，僵硬得如同木偶，生疏得眼睛看字都变得那么模糊。

或许，当初我就不应该喜欢文字。都说喜欢文字的女子是孤独的，孤独得有一点清高，不合群，不适合大众化，还不喜欢黏人，即便是自己最喜欢的，也会掩藏好所有的心思。或许，这就是喜欢文字的女子孤傲的一面,大致算命数。

　　整理衣橱,一套蓝色带青花瓷的那种款式,虽然褪去一些颜色,但我依旧爱不释手。蓝,我喜欢,带着孤独清冷的气息,喜欢它,也是我致命的弱点,再多的烦闷都可以在这一刻有所缓解。

　　其实,每一个灵魂都有一个脆弱的心,孤独的时候,就会拿出来晾晒,不会轻易示人。尤其是夜深人静的时候,那些面具都一一卸下,仿若白天的那一个只是一个躯壳。

　　我喜欢雪小禅书里的这句话"那些疼痛啊,是有形状的,它们是锐角的,一不小心,可以扎得人遍体鳞伤"。

　　早上,照样上山去,这已是习惯了。每天还是看见那么多的紫薇花,那颜色啊,还是那么艳啊艳的,迷得人眼里生出一幕幕幻觉,是在讨好我吗?我想是的。美,在我眼里竟然生出这个字,以前从来没有这种感觉,以前,我不喜欢,后来不讨厌了,再后来,喜欢了。人就是一个复杂的个体,什么事都可能改变。

　　那紫薇花细看,是很美,美得有一点惹心,我心动了吗?应该是羡慕了。

　　我想，我也可以的，只要远离孤独，一样也可以妩媚到极致。

　　其实，紫薇也怕孤独，所以它们一个劲地拼命绽放，就是想掩藏一些被世人遗忘的冷落。

第十三章
厌倦

这个夏，终是码不出很多字了，心内就像遍地荒草，在这个夏末的热火里，枯萎了所有水分。

忽而地，就那么淡漠了，就连偶尔码出的字，也失去了以往的灵性。写不出太多，也没有了那份闲情。终知道，尘世间的所有，都是随心随性。

午间，看友写的文字，那样心痛。是不是每个写文的女子都有一颗善感的心思。我后悔当初怎么会爱上文字，后悔有些光阴我没有好好珍藏，后悔有些事，有些人就那样固执地搁置在心底，滋生着一种不能清除的细菌，在体内任意蔓延。

很久，都写不出一点像样的文字，我有时问自己，是不是就这样放弃，放弃对文字的这份执着，放弃有些不该拥有的情感，就像一场风，该来的且来，该去的且去，让它们缓缓地吹过，而后，不留一丝痕迹。

夏的气息，是那样的炙热，仿佛整个血脉都贯穿了热气，熏撩得人的呼吸都像被尘埃堵塞。不想动，就那样懒散地待着，偶尔闷时，放几曲音乐，听几首歌，仿若那曲子都带着伤感。

突然地，眼泪就流了下来，想是那曲子的音符太触动心弦了。曾经，是那么喜欢听这几首歌，而今再听，竟然会让自己陷入低低的伤感中。

终归是一个感性的女子，就连一首音乐都会触痛心脉，牵扯心痛，我还怎么可以，怎么可以去忘记那些光阴中流淌的感情。

有时候想，做一个清绝的女子吧，不沾惹尘埃，不招惹风尘，即便是，风花雪月的美，都将心灵尘封，避而不见。可我每次都做不到决裂，每次的每次，我还是让自己陷入低谷，深深地沦陷。

"一个人，要有多坚强，才能念念不忘"。看到这句话时，我痛了，就连骨子里生出一种近乎锥心的难受。我知道，每一个感性的女子都逃不掉情感的纠结。我亦如是善感的人，又怎能拒红尘于千里之外。

夜里，寂寥得发慌，想写点什么，点开草稿箱，却始终没有动笔。其实，我很想写的，只是思绪太凌乱了，无从下笔。

厌倦了吗？我问自己，我回答不出来。也许我真的厌倦了，厌倦了所有的琐事、感情，包括自己。甚至，我有点抱怨自己，不够绝情，不够执着，不够清醒，还不够淡定。

内心荒芜到极致，摸出一本本曾经自己喜欢的书，感觉那么凉薄，凉薄得触碰一下就会扯痛经脉。我对自己说，无力码字，就看一会儿书，也是可以的，只是，那些字啊，怎么看，都是陌生的。本就是凉薄的女子，再看这些湿润眼眶的文字，反而让心越发难受。

夏，就这样蒸干了所有的水分，像一片枯萎了绿叶，脱离了被雨水的供养，失去了鲜活的灵性。倦了，一切都倦了，似乎所有的光阴，再也激发不起最初的那种心情，越来越旧，越来越沉，越来越没了底气。

有时候想，就这样放弃吧，放弃我唯一的爱好，既然连心都禁止不了，还有什么心情来堆码这些字符。

人倦了，连光阴也抹上倦意，看什么都觉得远离了初始。

我在想，如若有一天，真的什么都不重要了，那么，我就将所有的心思从这些字符抽尽，如是，那便真的走到了尽头，只等对时光说一声，对不起，我不能陪你到最后。即便是，眼里满是不舍的泪流，我亦会决然离去。

第三卷

让 日 子 慢 下 来

有时，

生活就是一道简单的风景。

无论悲欢离合也好，酸甜苦辣也罢，

只要适当地调节，

都可以将日子过成自己想要的模样。

第一章

提一壶秋水，煮情

早起，在一个博客里看见这么一句话，"提一壶秋水，煮情，"忽然觉得这句话太惹心了。

很久了，一直没有合适的言语搁置心底，今儿，就这么入了心。

早上有一个习惯，就是站在窗前看看窗外的景物，呼吸一些新鲜的空气，再做几个简单的晨练动作，而后再给阳台上花浇浇水，收拾一下花枝残叶。终归是秋来了，盆里的花叶多少有一些变了颜色，尤其是眼前的这盆茉莉花，颜色淡了很多。

想起起床的时候，在博客里看见的那一句话，再见眼前的茉莉花，于是，心里就萌生一个念头，给自己冲一杯花茶。

我不懂做茶，就那么随便摘下几朵，清洗后放在杯里，用刚烧开的沸水冲泡。开水下去的时候，那几朵小白花就在水里一圈圈地转着，很是优雅，接着，有白烟儿随着一股淡淡的清香直入鼻孔。

香，真的很香，尤其在这个刚睡醒的清晨，没有什么比得过这种舒适，整个房内，抬眸低眉都伴着阵阵的茉莉香味，这味儿，那么舒心，缕缕的幽香，如女子的体香，散发着满满的纯味。不浓，淡淡的，入肺，说不出的一种心情，那么欢喜。

一直不喜欢浓这个字，包括感情，总觉得浓了的东西容易伤人。我是个不善于蕴藏感情的女子，所以，对于浓得过分的东西都很排斥。但是，这香，就这么喜欢了。

这花儿，是前几日路过花店，老远就看见它们摆在门前的树荫下，风一吹，那味儿就和我撞了一个满怀。我拖不动脚步了，只好随着视线来到它们身边。我是一个特喜爱花草的女子，见不得这些惹眼的东西。站在一束开得正好的花盆前，那叶儿绿得发亮，白白的小花，还有几朵小巧玲珑的花骨朵，就连那古朴的花盆就这么入了眼。

这时的空气，我找不到用什么词来形容，清馨、干净，带着烟火味的那种，但又不沾惹尘烟，就连骨子里潜伏的忧伤，都释放得无影无踪。忽然，我想起了惦记的那个人来，如若他在，多温柔的场景，如若他在，能喝上我煮的花茶，那么，还有什么比得过此时的幸福。

茶香满了，想一个人的情也满了，就连音箱里播放出的音乐都生出了丝丝温情。《秋水悠悠》一直是我喜欢的一首音乐，以前听这首歌觉得悲凉了一些，而今再次听来，就连那些忧伤的音符都是一种美的享受。

南方的秋天总是来得比较早，晨起的气息都略带一些冷意，夏的衣衫便有了丝许单薄。

风，从窗口拥进，有了凉的意识，忽而想起唐代诗人刘禹锡的《秋风引》："何处秋风至？萧萧送雁群。朝来入庭树，孤客最先闻。"说好不悲秋的，这时想起这首诗，竟然又有几分愁然。诗中的大意是不知从哪里吹来了秋风，在萧萧的风里送走了南去大雁。凌晨，秋风吹着园里的树叶，声声入心。孤单的时候听到了秋风的声音，就想到你的身影，闻到你的气息。

记得一个早晨，你发来一杯茶，说是亲手煮的，让我暖胃，还说我不喜欢吃早餐，记得多喝水，我知道你只是玩笑，不会是真的，但是那些话真的会湿心。你问我，会煮茶吗？我说我就一个笨女子，不会煮，只会吃，你回过一句话说，有机会的话，让我尝尝你煮的茶，之后的早上，你都会先奉上一杯茶，虽不是真的，却那么暖心。

而今，秋又来了，你还好吗？这样的季节，这样的情，还有曾经喜欢的《秋水悠悠》一直未曾忘记。

"有的东西，失去了才知道珍贵，"如今再看这十二个字，心里就牵绊起生生的疼痛。

人走了，茶终归凉了。

但我一直会温一壶茶在心里，尽管时光已经流失多年，光阴也不会回转，茶的味道，依然记得。

第二章

清辉，月华小语

又轮转了，这些光阴啊！真快。

不再那么期盼中秋。很多时候，只想寻一程安稳的日子，循着月的清辉，步入小巷深处。

是夜，有风，有月华，有虫儿的窃窃私语，还有心事，在如水的夜里蔓延着秋水的声音，很温婉，柔软，像束束花絮，低低诉说。

时光里的那些记忆，我回忆了好几遍，从春到夏，从夏到冬。

无数次，我站在光阴的门楣，细数那些花开花落，一程程薄了，一层层瘦了，终见到了筋脉碎裂的疼痛。

怀里揣着惦念，再将阴晴月缺的那些往事温个透彻。

把酒问杯，情有几多愁绪，轩窗问月，昨夜小楼东风起，故人几时回？

温柔的夜，有微风拂过，那些缱绻如水的心事，揉碎着心底最后一道防线。

往昔，终究是一场梦的落尾，而那些瘦成伶仃的影子，也只有在夜里凌乱着思维。

念，就那么搁置心上。

夜色好美，风，牵着我的衣袖，顺着一条曾走过无数次的小路前行，两旁有桂树，淡淡清香味，幽浓幽浓。

一轮新月挂在夜空，冷清得有一点孤寂。那月色散发着思念的味道，那么深沉。

偶尔，有零散的云朵飘逸，那是风，是风吹来的陪伴，怕圆月里的嫦娥孤寂。

月光投下一些小影，恰好那影子泊在心的门楣，像一丝丝情思，缠绕心上。静得柔，软得入心，还有桂的香味，浓厚了这份心情。

这样的夜，是适合思念的，适合一个女子淡淡相思，适合黏着夜色，花露，清香，还有几缕不为人知的愁情。

今夜，月亮又大又圆，清晰得可以看见桂树的枝叶，还有嫦娥细长的发丝。

满满的清辉照着整个夜空，安静得出奇，心思被瘦成一缕风，轻飘飘地游走，我知道，是思念一个人瘦了，瘦成了一个影子，被风的温柔拥住，出不来了，就这样念吧！

夜色真的很美，美得入了骨髓。

那影，那人，那风景，清楚楚的，素素的灰白，透心的凉意，还有音符伴着琴韵起舞，宛如一阕情思在心底，流淌着清风明月夜，只有相思浓。

把思念滴在今夜的清辉月华，还有你的窗下，只为这个缺了又圆的日子，重温一下旧梦。

今夜，不需要太多言语，只许你聆听，那月光下的琴音，是否就如那日，那时，那风景。

今夜，不需言爱，我只托清风，载着白白的月辉，许一个愿，在心里……恰是故人归。

第三章

等风的日子

六月，就那样走了，没有留下多少风景让我怀念，甚至，我的记忆里，本就是一片空白。

其实，我很想能给自己留下一些什么，很想很想，真的。

看着那些从我眼前随风溜走的日子，我一直在自言自语，留下一些吧！不要全部带走，哪怕一点点。

我知道，我是假装不在意的，假装着深沉，假装着清高，假装着将自己孤寂，一切都是假装。而我的内心是那么渴求，渴求一些东西来填充。

整个六月，我都将自己孤寂，不想说太多话。内心就像我出版的一本书名《寂寞的烟花》那么凉，那么清冷，那么寂静。

更多的时间，是把自己埋在文字堆里，我想，也只有文字才可以充实我的灵魂。偶尔登录 QQ，窗口里时不时总会跳出一些问候和祝福，我一边感动着，一边继续埋头抒写。

其实，我很想回复的，很想，只是不知道用什么言语才可以表达完全。于是，我没有回复，因为我知道，他们都是喜欢我的文字，至于我的人，在他们心里，只是一个模糊的影子。不如，用我最朴实和最直白的言语来回报这些情意。

我是一个喜欢安静的女子，（偶尔，也会疯那么一下）安静地看书，安静地写字，有的时候，也喜欢发呆。

看丁立梅的一段文字里写道："当一个人的话语越来越少，是不是内心会越来越丰富？"我也曾这样问过自己，其实不然，当我话越来越少的时候，就说明我的内心是凉的，不想说话，只是想自己反思，想要有一些东西在我的肺腑里慢慢消化，不至于纠结。

该走的走了，该来的来了，就像六月和七月。

日子还是像躺在案桌上的"烟花"安静而寂寞着。友发来信息说："秋，荷花开了，我拿你的书去和荷花配对吧，因为，在我眼里，你就是那荷中的青莲，出污泥而不染。"当听到这话时，我真的感动了，甚至眼眶有泪溢出，说真的，我哪有那么好，怎可能和莲相比。

其实，我这人就是这么容易满足，哪怕小小的温暖，我都会着实地开心那么一会儿。

闲的时候，通过朋友的邀请，我注册了文学网站，初去不怎么熟悉，什么都不知道，包括填写资料和发文。其实，说白了，我就一个实实在在的简单女子，除了闲暇时码几堆文字，别的什么都不会，有时候，我自己都怀疑自己的智商。

偶尔，幸福也会降临于我，好比，我进了文字的世界，认识了不少的文友，结交了不少知己，是她们让我这个小女子在文字的角落里渐渐站稳脚步，是她们给了我温情，给我信心……在那里，我学到不少知识，也启发我很多不懂的东西，真诚地感谢一路相伴的朋友。

昨天，她们发来信息，叫我写一篇简介，就是介绍自己的文集《寂寞的烟花》，做个总结给我在论坛上发表，听了这些，我感动了，真的感动了。我知道，我的文字不是很好，首次文集也不是很成功，但还是有那么多网友们支持，单凭这一点，我知足了。

七月来了，还是阴天偏多，但是比起六月好多了，至少，心不再那么湿润。偶尔，有风拂过，我也会在一些流淌的空间中，感受到一丝丝飘着香味的气息。那是"烟花"的花香吗？应该是，我确定那是"烟花"的味道。

寂凉的日子，我依旧将一份心情继续，不奢求什么，我想，也没什么让我奢求的了。

就这样，等一程风来吧！我相信，相信风来的时候，我的"烟花"，无论在什么地方落脚，都会绽放出文字的香味。

第四章

心是静的才好

喜欢安静了，尤其这个季节，雨水泛多的日子。

我知道，自己已经过了那个喧哗的年岁。开始，不再那么喜欢颜色较浓的东西，如花草，如服饰，如这个季节的风景，还有一些关于爱情的故事。

想着"静"这个字，不免有些爱上了，就像我爱上了某件事物，或某个人。

心，是静的才好，能静下来的，才是真心情。不然，烦躁中怎么能让自己染上心思。女子的心思就是在安静的时间里，想一些事，看一本书，想一个人，那种心情只能在安静的环境里生存。

于是，我渴望有一个属于自己的院落，不需要很大，只有能装下自己的心足可。那气息也是静的，有着缠绵的味道，还夹着另一个人的气味。此时的光阴，也是属于我的，那么凉，那么入味，好像你的身影，就在我的身边，足够我依偎一辈子。

院落里的光阴也是静的，有花，有草，有丝丝暧昧的气息，那暧昧可以暖到落泪。其实，我只觉得这样好的光阴不能拿来浪费了，想有一个人和我一起分享，不然真正辜负了这大好时光。

我对自己说，念一段情吧，里面，只许你和我，再允许你，摘一朵花，插在我的发梢，眼神柔软的那种，不说，就这样看着，彼此都懂。

深寂的小院，有时光，有剪影，还有花草的低语，光阴，温柔得心跳。或许，是时光老了，就喜欢回忆过去。还是恋着那些味儿，淡淡地，不常想起，但总能撩起我的感觉。也许，只有这味了，只有这味才是我唯一的喜爱，像是我的前世。

我知道，自己偶尔也会发傻，比如我对着空寂的光阴，发呆。其实，那种时光才是最安逸的享受。

清早上山，空气足够好，安静的气流中，只有鸟的鸣叫和自己舒畅的呼吸声，特爱这种气息，所以，只要时间允许，我都会早起，去山上给心灵一次洗礼。

半夏的早晨，那山，那露水，那花草，我能感受到一份静的仙气。我特喜欢一种叫小野菊花的草，不显眼，也不香，细小的叶儿，柳长形状，小小的露珠，晶莹清澈，指尖轻触，随即顺叶尖滑落，瞬间就钻进了尘土，化为乌有。

以前上山，很少注意这些细节，也许，真的喜欢安静了，连这些微小的事物，都有了一种依托。其实，这些情节也只有在心静下来时，才会感觉那些不起眼的东西，那么入心。

一个人喜欢上了安静，就喜欢一个人行走，看见路旁的小花、野草，就会停下脚步，用手机把它们装进镜框。其实，我的要求不高，只要能吸引我的视线，我都会停下来，选好角度，将它们一一拍下。

忽然想起白落梅的一篇文字《人间花木，莫染我情田》，里面有这样几句话写道："所谓得闲便是主人，用闲逸的山水蓄养于杯盏中自在把玩。再看一场烟花，从开始到结束；看一只蝴蝶，从蚕蛹到破茧；看一树的蓓蕾，从绽放到落叶缤纷。不为诗意，不为雅，不为禅定，只为将日子过成一杯水的平淡，一碗清粥的简单，也许只有这样，生活才会少一些失去，多一些如意。"

读到这段话时，内心里对生活的纠结不免释然了很多，是的，人生就是一个过程，无论忙碌也好，闲情也好，我们都需要给自己一个静心的场地，能静且心安，能静才不会为一些琐事烦心而惆怅。如能在平淡的日子里将生活过成自己想要的模样，那么，生活里所有的一切，都不会活得纠结与落寞。

最近一段时间，特别迷恋一些静心的文字，还喜欢听一些安静的歌曲，友说，你干脆进寺庙去，那个地方最容易让心清净。其实，我不是要看破红尘，也不是要远离感情，我只是想自己静下来，多体会光阴深处那份安逸。

我知道，时间是无限的，而生命是有限的，看光阴逐渐苍白了容颜，心境难免会被一些尘世的繁杂乱了心脉。于是，心里就渴望有一份安静的场地，来充实自己的内心。

让心静下来吧，光阴、文字、生活、心情，这些都离不开一个静，细碎的日子，想想时光下小花小朵，生活里的细小杂事，那山那水的清澈，情感里的温柔，这些，都需要自己去感受。只有静下心来，才可以真正体会到那些触及心灵的感情。

第五章

无关风月，总关情

流年，念起总有一层凉意在字符里蔓延。

所以，我怕忘记，怕记忆老化，怕光阴洗白了记忆。于是，任由指尖滑落的墨迹，一滴一滴，滴落成圈圈点点，在文字的章节里，抒写所有一起走过的痕迹。

历尽风霜，风景已不复当年。

有些事，有些人，有些话，有些情，却依然沉淀在心里，不需要懂，我只想简单而寂寞地将其沉静。

寂寥时，我可以放纵自己的思绪，写几个字，写几笺薄语，不需要谁懂。

当岁月的光阴逐渐隔离，流光洗白了所有印记，不是我要远离，而是想将那些走过的日子，用精装的方式储存在心里。

如若，有些风景只是一程过往，你无须记得我来过的痕迹。

当故事在风里老去，我只愿我的墨迹还能留住一些美好，写一笺凉薄的文字，温一程时光，无关风月，总关情。

一直怀念旧了的时光，想写一些简单的心语，再邂逅一程风景，无关爱与不爱。

一支素笔，一张薄纸，一段旧词，一笺清欢，如青梅煮酒。情，不浓不淡，心，不远不近，就这么恋着，于素锦年华里，重逢一程时光，只想你在，我也在，不常念，也不会疏远。

素锦年华，远了，青春就如一场沙漏，穿过指缝瘦骨的经脉，不痛，但总会触碰那些错乱的思绪，让很多章节牵牵绊绊，以此烙在记忆的缝隙里，纠缠着心不安宁。

想是该忘记了，该封锁一些故事，连同那些秘密一起尘封。

我忘记了吗？为何？有些画面还时常扯着心脉，留下一些情节像一个坚硬的纹络，贴在岁月的一角，伴着生生的痛惜。

　　日子终归远了，再忆是难免的，只是，心字重叠，叹流光远逝，一些风花雪月，情怀初始，终成惆怅，无心再涉及。

　　云水岸，烟雨亭，湖心青波起。再忆经年，还是怀念曾经。只是那些已成了过往烟云。

　　一直记得当初的模样，与你水色岸边的清欢和欣喜，不浓不淡，足以供回忆塞满整个心房。某个回眸的日子，我依旧会依着那些你遗留的气味，挨个寻回一起走过的痕迹。

　　尘心已起，我想学着将一些心事看淡，从素色水墨，云烟水榭，再重新翻阅唐宋诗篇，读你，不远不近，念，不再涉及初始。

　　此刻，我想，在一程时光里为自己留一方空地，学着低首自己。若你能懂，定会看懂我的字符，写意的不只是文字，还有心情和期许。约定一程风景吧，纵然无色无香，我低首的眉弯，也是寂静和欢喜。

　　偶尔，疲惫加烦琐重叠，于是就想学着放纵自己，只是尘世太多喧哗，让负累的心，多了层层忧虑。

　　这个夏初，记忆总是回旋，从一粒尘埃的飘离，到秋末冬来的相守，再到春去夏来的种种。我自知尘缘未断，很多的不该，让内心处于极度的低落之中。

流光漫过，盗走了情怀，揉碎了初心，心事终究在一场花事里逐渐散乱。情感这个东西，就是一点清醒，一点模糊，一点纠结，一点惆怅……人生，有太多的无奈，谁，还可以做到心无尘烟，淡若止水。

都说浮生如梦，我却在梦的沉浮里越陷越深。

落叶缤纷的日子，你来了，阳春三月的春天，弥漫着风情万种，于是，我醉在你的城，流连忘怀。只是，忽而一程风过，我清醒过来，原来，所有的过程都是梦里的一场虚幻，和一场注定的劫数。于是，没有再多的言语，即使是相对。

纸上光阴，终归是一场空白的叙写，即使多么璀璨，都如夜空的烟花，绚烂也只是当时。回眸间，往事历历在目，而暗香已随着时光的流逝早已飞散。

日程越来越薄，情越来越淡，心事却越来越重。日光射过旧了的影子，也越来越短。无心改写，只有用字符的方式累积那些剩余的时光，来平息这一程风波。

我想，时间是最好的诠释方式，如若经年以后我们还能在喧哗的尘世里，淡然相守，安好如初，一切都是一场寂静的欢喜。

　　安静的时光中，我写了一些文字，不为惦记什么，只为铭记。

　　夏初，浮躁的心，想寻一方凉薄，且将心情妥善安放，只是，那一场花事终究循环着起起落落。

　　一些情无关在与不在，就这样被牵扯，只是无关风月，也不再涉及过往。

第六章

让日子慢下来

读雪小禅的《小半生》，感觉字里行间写得那么实在。

的确，光阴过得太快了，有的东西我们还没来得及跟上节奏，一转眼，就零落在视线之外，就这样，糊里糊涂消耗了半生的时光。

有人说，青春就是拿来消耗的，爱情是拿来浪漫的，生活是拿来利用和休闲的。

想想这些话，我扪心问自己，哪一样我做到了？

其实，哪一样我都没有做到，哪一样对我来说都是奢侈的。就好比今早，说好了赖床一会儿，结果，恼人的闹铃一个劲地催我，不得不离开舒适的被窝，开始一天的行程。

早上路过菜市，看见一小女孩在路旁卖栀子花。一直都喜欢这种味道，幽香的那种，就像女子的体香，不浓也不淡，素雅雅的，喜欢到极致。

选了几朵带回，随手拿了一小杯满上水，这样就可以让这些香味久远一点，再久远一点。忽而轻叹一下，就那么触碰了思路，因为我闻道这些散发的熏香里，那些曾落在心里的记忆。

人生如花，花如梦，谁还会在乎那些拥有与得失。心，小小地潮湿了一下，但只有那么一瞬，又恢复了所有的静寂与平淡。

其实，真的想把脚步停下来，感受一下生活，休整一下心情，让繁杂的心情得以缓减。

中午小睡了一会儿，醒来，外面飘着小雨，雨丝细细的，柔柔的，就像一丝温柔融进了心里。

五月的天就这么凉着，细润着，我想，这样的环境里，最适合什么心情了。其实，这样的环境最适合想一个人，念一段往事，再把那些温柔写进心里。

点开空间，看见雨的说说上提到我，很是开心，文字里能遇见这样的女子，能不感动吗？她说：她能读懂我，包括我字里的每一个音符。其实，我是很简单的一个女子，能入心的也就那么几个，雨，就是我最入心的女子。

看见安妮的说说开头写着狠狠的几个字，我笑了，什么样的女子能这样放肆地说话，只怕只有她了。不过，我喜欢她这个样子，喜欢她说狠狠地想一个人，狠狠爱一个人，哪怕那个人一直揪痛着她的心，她还是狠狠地喜欢，想必这样的女子情感世界是多么的真。其实，我亦是这样的女子，所以喜欢她的性格。

柳发来信息说，不能把她忘了，我怎么能忘记你呢？一个善解人意的小女子，时不时飞来图片，发来问候，语句里那个温柔劲想想就令人感动。也喜欢读她的文字，温暖朴实的那种，是一个值得喜欢的女子。

这个下午又是闲的，看书看得眼睛疲惫，头脑发昏，但仍不想让视线远离。

想写点什么，思绪乱乱的，却不知如何下笔。读丁立梅的文字，总感觉她的文字那么入心，像是某根神经被牵住。"风会记得一朵花的香"，很久以前，就看见这么一个名字，但是没有细看内容。

曾以为写某种植物，或某程风景，好笑的是以为是写某个爱情故事。今天读了这篇文章，原来这么随意，简单到朴实，没有刻意抒写，也没有更多的修饰，这是我喜欢的文字，一眼就入心。故事简单而真实，也写就了生活的感动。

时间，就这么随意地流淌着，好留恋这些时光。

看着窗外飘飞的雨丝，凉凉的那种，带着一丝清新。我很喜欢雨，喜欢它的柔软和湿润，无论多么烦躁的心，都能在这些痕迹里一一柔化。尤其是滴落在阳篷上的声响，声声的脆，那声音那么动听，像似一首音符在低吟。

有时，生活就是一道简单的风景，无论悲欢离合也好，酸甜苦辣也罢，只要适当地调节，都可以将生活过成自己想要的模样。

日子的烦琐，让我们失去了很多悠闲的时光。

其实，你只要多留意一下身边的风景，总有一处会让自己的脚步稍作停留，比如生活中的事，身边的人，还有一些不经意的回眸，都可以牵住我们的视线。

就像雪小禅书里说，"慢下来吧！将日子过成诗，"有诗意的生活，才可以留住我们匆忙的脚步。

第七章

这个季节适合爱情

这几天，心情低到极致。

闲暇时和友聊天，友说这个季节不适合伤悲，更适合爱情。

其实，我不是不懂爱情，只是这个季节给我感触太多。

这个春天，眼看就要走完，才突然想起还有很多事情没有去做。

原来想好，在这个季节为自己来一场花事的恋情，也被时光消磨得所剩无几。其实，想要的很多，但能真正给予的确太少。

好比爱情，有人说，它是一场灵魂与灵魂的纠缠，是一场生死别离都要爱的精神供养。也有人说，爱情是建立在金钱和物质上，我不排斥，也不认可。我只觉得，真正的爱情是在彼此的心里，就要看你怎么去理解。爱对了，它就可以左右你的全部，以及生活和整个人生。爱错了，那就是一场劫数。

爱情与我来说，很遥远，但是，我还是想象着，在这个春天的末端，收尾一场恋情。

前几天看了雨写的文章《找一个人，在春天私奔》，她文字惹起我的心思连连。

说实话，我也想，真的很想。人生这么短暂，时光又那么无情，还有多少个日子经得起光阴的折腾。

这几天，心情意外难受，偶尔在一首歌听到爱情二字，就有泪在眼眶溢出。其实，我不是怕了，也不是怕自己心太过柔弱，我只是怕那份情感太过深厚，让自己没有了底线。

朋友发来信息问候，突然有一种想流泪的感觉。她说，我们都是感性的女子，谁都逃离不了爱情这个字眼，如果哪天真要我们远离那些纠纷，那么，红尘里，谁还可以做到决绝，不再将往事提及。

我知道我做不到，因为我的血管里始终流着柔软的液体，尽管我的表面是冷的。

空闲时读林徽因的爱情，越发让自己心里发酸，每每读到她和徐志摩的那一场轰轰烈烈的恋情，就足以让自己的心思泛滥。但遗憾的是，徐志摩的疯狂追求，并没有得到林徽因的认可，反而加深了她和梁思成的感情。

她和梁思成的爱情那才叫绝配，世上能有几个这样的男人用无私的情感将爱包容，林徽因能遇到他，是她一生的幸福。因此，她对梁思成许下承诺，"你给了我生命中不能承受之重，我将用我一生的行动来回答你"。多么感动的话语，还有什么言语比得过这样的誓言。

都说爱情是最神圣的，在很多人心里也都如此。

其实，我不期望爱情轰轰烈烈，只要彼此心里装着对方即可。爱了，就应该对得起付出的那份情感，哪怕这条路上荆棘丛生。

一如我知道，你会来，就像你知道我一样，在等你，等你说，我们和好吧，不要再这样折腾彼此了。

其实，这个季节是适合爱情的，不适合心情争吵，那样会把两人伤得更深。

我不相信缘分，但我偏偏就信了那一场风雨的临摹。

记得那日，你说你是风，我是雨，风就是雨的引子，如若那天没有雨的影子，你会在一湾水岸等候，等候下一个季节将故事续上链接。

如若，某一日，云水的花事真的散了，阁楼的轩窗再也没有灯火亮着，那么，那一滴雨就干枯了所有痕迹。

对于爱情，尽管时光辜负我们得太多，但我依然依赖那些温情，那份温柔。

你说，每每音乐响起，当知你在想我。我一直记住这句话，只是，有些爱太过柔弱，不小心就碎了一地的心痛。

曾经以为，爱是美好的，只要彼此把对方放在心里，就已足够。从来没有想过有一天也会让爱伤到疲惫，爱到流泪。

沉默的日子里，想你的时候，我就会放上我们喜欢的歌。我不会说，但我心里一直记着，我不问，我知道你心里难受，我也一样难受。我知道自己任性，我习惯了你宠着，你每次的包容足以让我的心暖到泪落。

风来撩起了纱窗，我听得见那是你的声音在说，休息了吧，晚了，这就是你给我的暖心和温柔。

这个季节，失落得太多，纠结得也太多，不只是爱，还有更深的情牵挂着。

若你懂我，请牵着我的手走吧。

我相信，任何季节都不及这个人间四月的爱情，来得那么暖心。

第八章
散落的光阴

敲下这几个文字的时候，我的心仿佛被什么东西揪了一下，竟生生地疼痛。

光阴真的会散吗？

我问自己，却一时找不到用什么适合的话来安慰自己，就这样足足发呆了好几分钟，茫然不知所措。

漠然看着案桌上的茶杯，还有缓缓升起的烟雾，感觉这些东西是那么纤柔，轻轻用指尖触碰，似有一点暖暖的感觉，只是那么弱不禁风，很快，就慢慢地散开了去。

这个夜，无聊至极，找不到用什么东西来打发时间。

翻开那些被我冷落了好久的书本，也找不到哪本适合我的口味，随意地乱翻了几下，才发觉，自己根本不是想要看什么书籍。而是，想找一些能帮我缓解心里情绪的东西，填充这个闷沉得让人想要逃离的夜晚。

点开音乐盒，里面的音乐那么无味，单调得突然想放上一首欢快的曲调，跟着节拍疯狂乱舞。

可是，那是我吗？我知道我做不到，但是，我真的害怕这窒息的房间里，让我的呼吸停止跳动。

此时，我是如此怀念那些溜走的时光，怀念那些走过的青葱年华，还有那些曾经梦想着要怎么实现自己的理想，怎么在人生的这条路上，给自己一个最接近现实的生活。

春的夜晚，着实地带着凉意，偏偏这几天又骤然降温。这样的气候，老天像是在和我开着玩笑。

我想象不出，也不想再想。我只感觉到此时的我，心是空空的，像是被人挖走了什么，身和心分离，再也组合不起了。

屋内的闹钟滴嗒滴嗒地走个不停，那声音那么刺耳。

　　此时，我想，如果光阴能够慢下来多好，那样我又可以重温一些过去的时光，又可以让自己在这个季节里，好好地收拾自己，去享受一些诗情画意。

　　春季的时光好暖，真的好想出去走走。

　　我在想，三月都过了，四月的花还开得艳吗？还有一些风景，一些人，一些事，是不是都该一一问好。

　　因为我怕，我怕时间给我得太少了，我怕很多事情来不及处理，就被我搁置在一个荒冷的角落，从此以后不再触及。

　　有时候想，光阴真的会散吗？

　　如果真的会散，就连同我的呼吸一起散去，那样就不再让自己纠结和烦心。

　　我一直觉得自己是最坚强的，可此时，觉得自己是那么柔弱和无助。

　　不想再说话，连友发来的信息都没有心情回复，不是不想回她，而是我没有说话的勇气，我怕一开口，就止不住情绪泛滥。

　　其实，我不怕孤寂，真的不怕，我早已习惯将自己孤立，习惯这样的夜里嗅着一些冷凉，让自己可以安静思考很多问题。

包括人生，包括生活，包括爱情。

　　说到爱情，我觉得那么陌生而又遥远，陌生得怕碰一下就会触痛我的筋脉。

　　也许那些不该想的东西今生再也无缘相逢。

　　那么，来生吧，来生若有缘，我定会在奈何桥上等一程风景，与时光温暖相守。

　　夜深了，一杯开水冷得刺骨，那味道那么淡，那么凉，凉得浸心。

第九章

烟花凉

南方的夜，深长而寂静。

空气里，散发着闷热，屋内一片沉寂，好像停止了空气的流动，沉闷得有点喘不过气。

案桌上那本《寂寞的烟花》躺在那里多日，由于时间的忙碌，很少有机会去翻阅那些篇章，不是我有意冷落它，而是在那些文字的背后，我已经把那些字符刻在了心里。

尽管今年的气候比较寻常，但仍然控制不了心情的潮涌。

当一条条信息从遥远的东西南北飞来，此时此刻，我只知道自己的心情是用文字无法代替的。

当清晨的第一缕阳光直射着我的窗棂，我不知道，这个不寻常的月份，该用怎样的心情去迎接这些日子。

我的文字始终带着凉意。就像友说，秋，你的文字读起来总叫人心疼，你到底是怎样的一个女子，叫人那么怜惜。其实，我的文字只是文字，没有什么更深的意义，很随性的那种。

时常，我对自己说，我就是文字里一枚烟火，可以随意任性，可以随意矫情，还可以将自己的心思在文字里随意耕耘，耕耘成最美。而后，再将你们的视线悄悄吸引，让带着凉意的文字去安抚你们烦躁的心灵。

其实，文字凉有凉的好处，太温的文字不适合我的性格。就好比你喜欢一样东西或一件事，喜欢了，就要坚持，不喜欢的，连碰都不会去碰。我喜欢凉，尤其喜欢文字背后那种贴近肌肤的感觉。

无数个这样的日子里，我在黑夜里摸索着文字的韵律，在清冷的岁月里，穿梭于字里行间那迭起的字符堆里。于是，我看不见了自己，看不见那文字背后的孤寂。那一刻，我只想将自己和文字融合在一起，来圆一场多年的梦。

我知道，我并非是作家，也并非是一个多么会写文字的女子，我只是让一些适合文意的字符将它们刻意串联在一起。如果说文字是精神的食粮，那么，我只是把一些散落的颗粒尽心地捡拾，让它们独有的芳香，温暖流年里那些被时光斑驳了的痕迹。

有心情的日子，感觉时光还是待我不薄。

每天打开电脑上线的同时，QQ 的消息提示音就响个不停。我知道，有的是订购文集，有的是向我表达他们的问候。说实话，我喜欢这种声音，感觉那么轻柔和温暖。

原来，生活还是给我很多偏爱，那些被时光淘洗后的情感，是丰盛的、厚爱的。

无数个这样的日子里，我悄悄地欣喜着，忙碌着。没有言谢，但并非是清高，也并非是其他因素，我只是将这份浓厚的感情收捡在心里，感动着并铭记于心。

一直不善于言谈，所以很少聊天，也很少走动。一切都怪罪于时间，是它给予我的太少。

夜深了，风敲击着门窗，是不是今夜有雨会来？

　　如若是，请撩起我的呼吸，带着我的灵魂，将我的心湿透。

　　我知道，我没办法停歇，因为那文字的气息，一直都在我的心脉中静悄悄地涌动，一如我痴痴地守望一场文字烟火，在空中绽放的瞬间，那场惊艳的美丽，和一场场欣喜带给我的感动。

第十章

风为信，花为媒

这个春，似乎有很多风景，还没来得及细细欣赏，那些所谓的繁花都凋零在模糊的视线之外。

窗外的梧桐花，飘落了一地。

终是一个感性的女子，即便是一片落叶的坠落，也会因此而触目伤怀，更何况这些娇嫩的花朵。可我学不来黛玉葬花，也捡拾不起那一地细碎。我只会看着这些散落的花魂，深深地痛惜。

很久没有看见阳光了，偶尔看见几缕柔弱的光线从云层里斜射下来，心不由自主地生出暖意。但也就那么一瞬，天空就又恢复了原来的模样。

这个季节，很想让心思停留，让情怀不再散乱，可是每次，总有那么多杂乱给心揉碎的感觉。

阳台上的杜鹃花又开了，一朵，两朵，三朵……在绿叶的陪衬下，显得那么触目惊心。春天，这个睡意蒙眬的季节，连时光都抹上了一层倦意。

懒散的心，依着这午后的时光，让人不由自主地感动着这程柔软。

打开你的来信，你的言语让我眼眶湿润，我知道，我终究无法将那些尘缘彻底散尽。

看着绿叶上那些残留的尘埃，总感觉积压在心底的灰尘太多。是不是，很多东西总会带着一些残缺，才能把一些故事刻画出一种凄美的意境。

我知道，我还是留恋一种味道。不管我再怎么躲避，再怎么逃离，我的骨子里始终隐藏着一种欲念，始终走不出你的城池。

一半红尘，一半烟火，我承认，我的心是柔弱的。

好想再一次去看看桃花，不知道那些娇艳的花朵，是否被光阴消退了色彩。

记得你说，你是花盲，无论什么桃花、杏花、梨花，你都分不清楚，也分不清那些花的什么颜色，在你的眼里它们的色彩都是模糊的。听到你说这句话时，我傻傻地笑着说，这样好，免得你在这个人间四月里，被那些妖艳似的颜色迷惑了你的眼，再也找不到回家的路。说这话时，内心满是柔柔的感情。

你发来信息，说看见马路边几株没有叶子的树干上，开满了大片大片带着玫红色，不知道名字的花朵，于是，就想到我，你一连用手机拍下发了很多张过来，问我喜欢吗？我沉默不语，只是发呆看着这些图片，没有给你回复。

你说，时光很短，光阴不长，没有什么比得过这四月的风景。

你还说，你的城蓝的时候，看见那抹蓝色就会勾起你的心事。你的城下雨的时候，你的心情也一样潮湿。我懂你的话，也懂你的心情。

只是这个季节，时而晴，时而雨，让心思少了一些热情，多了一些惆怅。

四月，来了。

你说，要陪我一起看风景。我没有回答，我知道，我不能说，我怕这一开口，就泄露所有的心事，泛滥很多情绪。

没有你的日子，连风吹来的味道都是凉的。走在阳光下，脚步很轻很轻，轻得不想让自己听见那缓慢的步伐里，有迟疑的声音发出。

不敢向前挪动，怕前面的光线太热，灼伤了我的视线。不敢靠近你，怕你的柔情融化了我的心，再也没有回转的余地。

就这样停留在原地，听过往的风吹过，那声音也很柔很柔，一阵一阵的，就似你的声音在我耳边轻语，瞬间，竟有一种湿润在眼眶里溢出。

于是，我迷失了，看不见眼前的风景，看不见左右的景物，就这样站在原地，让风任意吹拂。

忽然觉得，是那么无奈，想走，却不知该怎么启动脚步。

其实，我不是不相信缘分，只是有的缘分看不懂，而有的缘分总隔着一层距离。

我问自己，花期满了吗？我无法回答自己。

我只知道，如若花期过了，就有它的归宿，不想让自己活得那么纠结。

其实，四月，我只想一个人走，倚着文字路线，让所有的心情都在字里留白，即使你不懂。

四月里，请允许我保持沉默。

我在文字里写你，也写自己，无论时光好与不好，你在与不在，情，都搁置心里。

记得曾经说过，如若哪天我不再写字了，不再留恋你的气息，那么，今生的旅程，就画上了最终的一笔。

都说字生于情，情生于心，可如今，我文字的韵脚却缺乏一种相依。

光阴尚在，而心不在。

这个季节，我该如何来落下最心痛的一笔，来把这些故事收尾。

第十一章
无雨的季节

三月，我的城一直无雨。

于是，我开始渴望来一场雨，洗去心灵的灰尘。

一直都在想，这个春天是不是来得早了一些，为什么所有的心情都追不上那抹新绿。

其实，我不是不喜欢春天，而是怕太多艳丽的色彩，乱了我的心境。就像此时的风，正围绕在我的身边，想离去，却又舍不得挪动脚步。

这个三月，老天也真是奇怪，前一个月的雨多得不计其数，而今，想要它下雨，连一点潮湿的迹象都没有。干燥的气流中，尘埃的堆积像是要堵塞我的呼吸，令人窒息到像是要脱离生命的轨迹。

这样的日子，如果再继续，我知道自己终究会逃离。

无雨的季节，连思绪都是那么干枯，想不出应该用怎样的一种心情，才可以将这些寂寥驱逐。其实，我很想预约一场爱情，和它私奔，生怕那样的爱，只是一个过程，最终的流程，记录的都是一场劫数。

偶尔，天也会阴暗下来。于是，心里就会幻想，来一场雨吧，来一场雨洗去我心灵的尘土吧。只是，一阵风过，天又开始干燥着，连我的心思一起风干在这干燥里。

时不时仰望天空，有没有云朵飘移，有没有雨的迹象给心添上湿润。有时候想，是不是这个季节根本无雨，忘记了把雨季临摹。

一直都很喜欢雨的，且深深眷恋那种潮湿的味道，只可惜这个季节一直干枯。

都说春的来临，就是预示着一场花事上演，但花季的日子，怎能少了雨的滋润。我开始反感这样的季节，总觉得无聊透顶，孤单无味。

曾经，向往这季的来临，总以为这个春暖的日子里，会许我一场姹紫嫣红的芬芳，一场倾城的恋情，还有一次次春心怦动的情感。可是，这个季节终将不能如愿，那些风景还未在我的视线里出现，就已被岁月的风晾干那些印记。

于是，我开始学着沉寂，不再期待这个季节还有什么惊喜，还有什么可以让自己不再难受。让自己忙碌吧，也许只有忙碌才可以让那种心情沉淀。

窗台的紫荆花又开了，很多日不曾打理和浇灌了，原本那些葱绿的叶儿现在却显得那么暗淡，我知道，是自己把它们忽略了，没有心情的日子，连自己最喜欢的东西都隔离在视线之外。

花开得很单调，很柔弱，细瘦的几朵，就像被风掠扫过一样。

阳台上零落的几片枯叶，像是在埋怨我，是的，好长时间了，也不记得上次是什么时候给它们浇过水，修剪过。伸手触摸那些花叶，感觉干枯的脉络里少了一种静心的东西，很凌乱，很空落，有失望在体内延伸。

没有雨水的季节，连光阴都是尘埃的味道，空气异常沉闷。是少了雨水的湿润吗？或是这样的环境把人的心情隔离？

开始怀念那些滋润的季节，怀念那些潮湿的日子，怀念那些快乐的时光，还有那些人，那些事。或许，人的思维就是这样柔弱，总是在情绪低落时，找寻一些记忆的影子来填充那些寂寥。

只是光阴的流逝太过迅速，一些故事还未来得及在这个季节上演，一些流程就已经把原有的故事改写了当初。

无雨的季节，一些跟雨有关的故事就这样被搁置，被时光风干。

第十二章
捡一抹春情润心

春情，永远是那么诱惑，就像我此时的心，又在这一片明媚的色彩里泛滥。

南方的春天，来得特别早，虽然还带有那么一点点寒意，但那些不会影响春的到来。

一直对自己说，这个春天给自己放假一次，哪怕抽一点空闲的时间，也要去踩踩这个春的气息，只是时间由不得自己安排，以至于很多事情都搁置在心里，一边想着，一边忙着把手边的事情尽快处理。

和友聊天，友说，秋，你太累了，多找一些时间出去走走，看看周边的景物，去呼吸一下新鲜的空气，这样对自己的心情有好处。是的，时间对我来说，真的太少了。

其实，心情是自己给予的，即使有低到极致的时候，也要在一些事物里找寻一些风景调整自己。

于是，在一个阳光微暖的上午，带着女儿们一起去看了梨花、杏花、桃花。本来想去看油菜花的，只是路途不对，为了争取时间，就改选了最近一处场地。

多日的新年忙碌，使疲惫的心充满了负累。猛然间看见这些景物，整个身心仿佛被拂去了一层灰尘，就好像自己的体重就轻了很多。连走路的心情都是飘飘然的。其实，日子就是这样过的，在忙碌的生活中，我们都要给自己心灵放一个假期，看看别样的风景有多明媚，疏散一下愁闷的心情，这样，心情就会开朗许多。

一路上，女儿们的欢笑声感染了我很多，看见她们开心，我才知道自己对她们的关爱太少了。

其实，不仅是她们，有时我连自己都会忘记了自己。只是此时，我看见了眼前这一抹明艳的色彩，才知道，我还是一个爱花如痴的女子，就像当年那个单纯得近乎发傻的小女人。

望着这一束束娇艳的桃花、杏花、梨花，我知道，自己已经远离这世俗太久了，总感觉近乎空了半截的心，又有了生机。

都说桃花是最艳丽的花朵，它的妩媚，它的鲜红，它的妖艳，像妖精一样迷惑着人心，就像此时，又把我的心情牵引。还有这些杏花、梨花，尽管比不上桃花的娇媚，但是，我却喜欢它们那种淡淡的清香，使人难忘。

如若把这些花香比作爱情，我宁愿选择后者，但是，又如何可以逃避这些情感的纠葛，而将心情做到一尘不染。说来，终归我还是俗人一个，还是喜欢桃花的妖艳，因为那抹嫣红此时是如此让我心动。

或许，是女子始终走不出感情的围城，就像这个春天，那么多的颜色，你能逃避吗？能视而不见那些撩起呼吸的感觉吗？我知道不能，因为我是俗人，是俗人就得接受烟火的气息，是俗人就得接受生活里的烦琐。

其实，这个春天，我应该什么都不想的，因为我没有时间去想。能给自己今天这个出游的机会，已经很知足了，至少我的心情在这个季节有了一些怀想。

伸手触及树干，花瓣一朵朵飘落，突然，一种心痛的感觉油然而生，这么妖艳的花瓣也会在一定的时间散落，真的可叹时光的流逝。

俯下身去，将跌落的花瓣捡拾于手心，一片、两片、三片……就像在捡拾自己的感情，那么小心翼翼，生怕碰疼了花心，痛了自己，再也愈合不了内心。

打开随身携带的一个袋子，把捡来的花一瓣一瓣地装进去，我知道，自己不是黛玉，也没有她那么娇弱，我只是想将这些花瓣用心收藏，不管它们什么时候枯萎，我只需尽到自己的这份情，就已足够。

光阴终究无情，如若有一天，什么都远离了，我还能在这些干枯的花瓣里，找回一些现在的记忆，即使隔着空了的距离，我依旧还可以闻到旧时的味道，如一段情感，在心里。

第十三章
今冬，会下雪吗

  寒冬的天，总有那么一些怀想在心里萌发，尽管萧瑟覆盖了太多的风景，寒霜凝结了太多的思绪，但心灵深处，我一直期待一场雪花绽放在眼前。

  在我的意识里，雪，是最干净的，也是最能让心感受纯洁的。

  记得很小的时候，每到冬天，就盼望着雪的来临，小小的愿望就是能在一个漫天飘飞的雪地上，一边用小手去接一片一片下落的雪花，一边用嘴去吹，看能不能将这细柔的小东西吹得更远。那个时候，只要遇到下雪的时节，心情就特别高兴，每次逗留在雪地里，很久很久都不愿离去。

今年又到冬天，不知道今年会不会下雪？

很多年我们这里就没下过雪了，都记不得最后一次看落雪是什么时候。

印象中，雪是最有灵气的东西，它能使你烦躁的心得到安宁，也能让你在寒冷里感受它的美丽，还能让你的心在一片寂静的世界里感受空灵的一种神奇。

这段时间一直在忙碌着，为生活奔波着。其实，一年四季，我都受时间的约束，只是，今冬特别忙了一些。有时，累了的时候，真的很想躺在一个清静的世界里，一个人静静地，什么都不用想，什么都不用做。我知道，那只是我的遐想，但是，有时真的需要一场寂静来洗刷灵魂的尘埃。

闲暇时，浏览空间，看见很多关于雪的文字，思维一下就被雪的印象包裹，我知道，此时此刻的心最需要这样的场景。有时候，累的感觉就是需要一场雪来缓解疲惫。

滚动鼠标，看见好友安妮写的一篇文字，《聆听，雪花飘落的声音》，仿若，我似乎听见簌簌的落雪声，就在我的耳边，就在我的周围，慢慢地散开。

我也曾写过关于雪的文字，《问冬，那一场雪花何时开》，虽然对雪的表达能力不是很到位，但是，对于那个时候的我，已经很努力了。最喜欢文章里的那首纯音乐《雪中情》，仿佛把我带入一场纷飞的雪地里，一边欣赏雪景，一边听雪落的声音，感觉自己的心被带入了另一种境地，尤其在这个寂寥的冬夜，更加唤起我对雪的渴望及幻想。

我知道，自己不可能静下来，也不可能有机会去北国欣赏冰天雪地的奇景，但我还是渴望今年冬天能有一场雪，融化我的心，哪怕一次小雪，也会带给我一些欣喜。

生活里，总有一些情绪无法一一排解，于是，就特别渴求一些事物来释放心里的压抑。如我们走过的岁月，看过的风景，遇见过的人。总有很多遗憾和纠结的东西缓存在心里积压。

其实，自己就是一个感性的女子，虽然，骨子里稍稍透露着那么一点点清高，但还是喜欢一些风花雪月的场景，比如生活，比如文字，比如那些以成为过去的往昔。

冬日，黑夜最是漫长，尤其在这个冷清的晚上，尽管气温低至几度，但还是不想用电炉取暖，只感觉这样的气温里，才可以令烦躁的思绪有所缓解。或许，天生是一个不怕冷的女子，所以一直习惯冷的味道，就这样，凉薄着，安静着，以至于凉到骨髓，就可以恰到好处地阻止情绪的蔓延。

夜，越来越深，也越来越静，甚至静得听得见自己的心跳声，这样的静，其实也没什么，只是，心好像被掏空了一般地难受。

这几天的心情很是凌乱，也很是疲惫，不知道该怎样让自己的心情缓解。我热切期盼今冬能有一场雪降临，我要在那冷到极致的环境里，将心情全部彻底清洗。

今冬，你会下雪吗？我期待着。

第四卷

人 生 ， 就 是 一 场 看 不 透 的 风 景

其实，人生就是一场看不透的风景。

无论得与失，喜与悲，

且用平淡的心情来面对所有。

生活，淡然就好，

相信总会有那么一天，时光会赐予我们幸福。

第一章

枯萎也是美

　　八月，又是中旬。一些故事，还未来得及整理，季节又过了一个转季。

　　几日的心情低落，让我疏离了很多，生活，杂事，包括最喜欢的文字，好像有了厌世的错觉。有时候想，就这样放弃一些不必要的纠结吧！那样，会不会让自己好受一点？

　　我试了几天，原来，那些执念一直在心底纠缠着，放不下，放不下就继续吧！我对自己说：反正秋已经来了，这不是我正想要的季节吗？我何必要纠结那些无谓的愁绪。

到底是夏去了，空气里少了一些炎热，多了一些微凉，秋天，就这样不约而至。我知道，我一直是喜欢这个季节的，不管其他的季节有何温情，秋天，它都是我的最爱，无可替代。

都说秋是最凄美的季节，那些落叶啊，凋零得不成样子。风一吹，哗啦啦就一个劲儿地下落，左右上下飘荡，翻来覆去地跟随风的引子摇摆，像一场离别，缠绵、凄婉，那场面绝对美到骨髓，想起，就会让眼眶湿润。

我也不知道自己为何特别钟爱这个季节，隐约里，我只感到那是神秘的声音引诱我向它靠拢，令我那么痴迷，那么深恋。有时想，我是恋上伤感吧！因为秋天是一个诱惑悲情的季节，于是，这种爱就不由而然地在体内延伸。

秋天，一些有生命的植物就会慢慢枯萎。

说起枯萎，心就隐隐疼痛，终归是女子，就会想到年龄、容颜、生活。

光阴不饶人啊！所以枯萎这个词对我就特别的伤情。

偶尔，看见枯萎两字，就会触碰体内的某一根神经，生生地牵扯着。秋的到来，就是预示着一切有生命的物体逐渐走向衰竭。看见这个词，我心痛，但不是害怕。人，总归会有那么一天的，有什么害怕。我心痛的是，很多大好的光阴，就这么在我眼前白白地消逝，我心痛，那么多烟火的日子，我还没来得及细细体念。

终知道，尘世里所有生命的物体，都会在年轮的转换里，慢慢枯萎的。生命，终究是有限的，我不怕枯萎，也不怕容颜老去，但是我怕一些曾经深恋的感情也跟着去了。花，会枯萎，但是它们还有来年。人的生命，也会枯萎，但他们还有来世吗？

其实，枯萎也有定格的美，就好比爱情，即便是一切都写满了期限，那些美得流泪的画面，依然鲜活在心里。

读雪小禅的《深远清美的秋天》，看她把秋天写得那个美啊，直叫人向往。她文字里写道，秋天是厚实绵长的，外加稳妥、踏实、肯定，什么事一到秋天就慢慢往回收了。是的，一些熟透的庄稼该颗粒归仓了，一些发黄的叶片也落叶归根了。突然觉得，还有一些人的情感是不是也该收捡隐藏，连那份曾经生死相随的誓言，也一起随着秋的到来，回收在秋之萧瑟里，慢慢融化，再深藏得不露痕迹。

其实，秋，不完全是伤感的，它也有着很多美到骨子里的东西，即便是凄美的，那种美也会柔化所有的凉意。"自古逢秋悲寂寥，我言秋日胜春朝。"这是一句古诗名言，是唐代诗人刘禹锡《秋词》里面的一句，大意是"自古以来每逢秋天都会感到悲凉寂寥，我却认为秋天要胜过春天"。是的，人在寂寥的时候，就不再感叹秋的悲凉，即使心里有很多的不如意，我们都应该用另一种心情，把它当着春日来看待。

在我的眼里，秋有着深厚的情感，四季里，没有什么季节可以与它媲美，如果用我的话把它比喻成一个男人，那么它是成熟的、稳重的、丰厚的，甚至是最值得寄托情感的季节。

秋，也是我精神世界的家园，当我累了，疲惫了，厌倦了，它就是一个宽厚的怀抱，任由我在它的怀里任性。

我固然是喜爱秋的。今秋，无论它有多么萧瑟和苍凉，我都会一如既往地喜欢，任我的灵魂在它的城池里游走。

这个秋，那些微凉，那些寂寥，还有那些零落的枯黄，都是凄美的。即便是一些触及心脉的情感，心碎到流泪的那种，依旧会在记忆深处，暖着这个秋天的凉薄。

第二章
秋风起，落叶飞

秋来，风起，叶落，禅意。我知道这个世间，有很多东西，虽不是我所能拥有的，但至少，我还能在剩下的日子里，捡拾一些残留的记忆。

尘世之外，除了眷恋，还有一颗心的涌动，而我却只能默默地惦念与收捡。

秋之微凉，稍有几许颤意，季节又一个轮回，将光阴折叠成模糊的影子。或许是，生活太过于忙碌，一些琐事就成了心里散不去的心结，一如我再怎么想把它们消散，总有一些印痕挥之不去。

季节轮转，仿若一眨眼，秋已来了多时。

一直没有空闲休息，偶尔闲时，也是那么匆匆几眼。光阴，就这样在我的眼眸间任意流窜，好像那些跟情感有关的事都与我无缘。总是不能舍弃很多记忆，如青春，如流年，如时光，还有那些已成为故事的往昔，自始至终，都在脑海深处来来回回地翻动。

时光深处，猛然间发觉，风已渲染了这个季节的浓意，见秋叶微黄，残叶翻飞，仿若那些已过的风景，在无数次洗礼的过程中，终化为印痕。

流年深远，心绪无限，走过的路，相遇过人，还有多少回忆尚在心里。当散落的枯黄滑至底层，我知道，季节的风又招惹起心情一层层地蔓延。

人生短暂，就像一季落花残叶，经过了风雨的无数次漂洗，最终以尘埃散尽。

依稀，我还能记得一些时光，虽模糊但并非遥远，那个曾经张扬的影子，还有那些曾经风华正茂的年月，如今，还在我的记忆里肆意地流放。我不停地追逐，不断地回望，而那些终随时光远去，剩下的只有一个寂寥的身影，而独自守望。

秋水长天，总有很多心事怀揣，面对如水的时光，总是想收揽于怀，只是，每一个温婉的情怀，终不能将所有心绪全权释放。

多日不曾将心情整理，一些乱了的思维总是在心里凌乱地摆放。或许，是日子太过忙碌，又或许是心太过杂乱，总是想清理，但又怕越理越烦。历经岁月，我只想做一个既平凡又简单的女子，甚至有时，我宁愿低微地活着，也不愿牵涉那些是是非非。

有时，心思也有偶尔的走私，如怀想，如眷恋，如惦念，如期许，不得不承认自己，终归是一个平凡的人，岁月里的那些章节是不可逃避的，如我此时的心思，正一步一步向着时光深处走去。

好想停留于尘世之外，让繁杂的心得以清静，让满怀的疲惫得以放逐，只是凋零的落花残叶，又勾起内心深处莫名的哀凉。或许，季节变迁，时光循环，我终跟不上时代的变化，那些心里所期待的，只能随光阴淡淡隐去，至于一些怀想，就只能给心里一个梦，一个期盼，一个希望。

　　都说，雨季最是凉心，而老天偏是雨水泛滥，接连的几个时日，天空的雨总是下个不停，仿佛这个季节的水分都在这一刻汇集。阴沉的天空，凉意随血脉侵入心底，伸手触及，唯有透过指尖的凉薄才感知这一刻的沉寂。心绪恍惚，雨声渐渐入耳，茫然间，竟不知何处安放。

　　时光的循环，让忙碌的心少了一些怀想。多日不曾触到心底的防线，此时静下来时，竟有一些莫名的感怀。过往，夹杂着几丝微凉滑过，一些不愿触及的心事由此而涌现。光阴的流逝，生活的艰辛使自己变得坚强。

　　不知从什么时候起，让我学会了平静，至于一些跟我不相连的事物，就淡淡地让它们随之散去，开始关注那些比较清净的东西，比如文字，比如生活，比如怎么才可以让自己得以静心，即使做不到完美，也不能让自己成为一个平庸的女人。

　　于是，我学会了坚强，学会了看待生活，学会了怎么善待自己，一些关于生活的感伤，我就用忙碌来填充。心知，人终归要慢慢长大，时间也终会带走那些不属于自己的时光，就像此时，我站在原地，无法将从我面前滑过的落叶，帮它们再重新回到枝干上。

第三章

人生，是一场看不透的风景

　　对于秋季，我不知道，我还能写些什么？我只知道，这样的季节，这样的景色，在我的眼里，也就如此。

　　此时的窗外，又是一个雨天，阴沉的天空，绵绵雨丝，若雾非雾，若烟非烟，只觉得那是一场迷离般的幻景，让人的思绪不由自主产生一些幻觉。

　　气温确实低下了，一如眼前的这些风景，逐渐由青葱演变成褐绿。远处，几株桂花树略显孤零，偏黄的枝叶在风雨中摇晃，像是在低语这个雨天的到来，让它们的芳丫失色。

当季节的凉意袭来，空气开始有了冷的气息。看一场场风拂过枝丫，几片枯黄的叶子就在风中凌乱地飞舞，于是，心情情不自禁地低落。似乎，秋季在所有感怀人的心里，都是一场凄美的景象。又似乎，秋就如一个婉约的女子，正用叶的离去，演绎着一场场催人泪下的悲喜。

此时，我的心情正如秋天的残叶，不知该用何样言语才能将这份心情诠释。孤独由此而生，也伴着无奈的哀怨，当凉风掠过我脸庞的瞬间，一些感伤就瞬间涌现。

在我的眼里，秋都是最伤感的季节，一如此时的我，正站在这寂寂的风雨中自言自语。

远处，一些模糊的轮廓，在眼帘间摇晃，思绪不由自主地跟着蔓延，一些淡了的青绿在灰蒙蒙的雨雾中略显凋零，生疏得人心孤立，又带有一点莫名的惨淡，好似这一程风景专为我而来。

凉薄的秋，显得更加凋零了。或许，一个人的心思在落寞的时候，身边的风景也就跟着失色。

从来不是一个喜欢伪装的人，一旦有心事在心，表面的情绪总会流露几许。或许，一个人孤寂惯了，心也就变得麻木，至于一些心结，不再去纠结它们如何消散，想着未来，想着自己，再想想生活，就只觉得时间就是一服良药，时间长了，自然也就散了。

秋水寒凉，当残叶坠落，秋风袭面，我不知道，该如何来形容这等场景。或许，尘世的万千种种，就是一个过程的循环，都是随缘而来，随缘而去。

低低的气温，短暂的时光，看身边的风景一层层远离，看时光缝隙里那些发黄的篇章，指尖终无力再去触摸那些斑痕的沧桑。

或许，心真的什么都看淡了，无论是生活，抑或是情感，都会被光阴消磨得只剩空壳。秋色染尽，而心情却逐渐远离，那些美景在我心里只能平添忧伤。无语，不是不想诠释，只是过多的言语只能给心增添负累。

昨天，我还在追逐一些美好来填充时光，而今天，我竟然不知该如何入手。本以为自己坚强，本以为什么事都可以用淡然化解，殊不知，茫然加失落，原来，自己还是这么脆弱。

一直在学着修炼自己，也一直不断地给自己加油打气，只是生活中的很多事情，都是那么难以看透。

人生风景，总有看不透的时候。就好比一盆花，虽用心经营，但它的花期还是那么短暂，或许，很多事融入了太多的情感之后，到最后都将在一种沉寂里收尾落款。

其实，人生就是一场看不透的风景，无论得与失，喜与悲，且用平淡的心情来面对所有，生活的路上，总会有一天，时光会在平淡里赐予幸福。

第四章
问心

　　冬日，总是那么渴望暖阳。繁忙的日子，总想放下所有琐事，来一场心灵的洗礼。

　　走在陌上，心，是安静的，我知道，只有这个时候，所有的负累才有所缓解，有所释放。偶尔，伸展一下身姿，才知道这样的时光里，心情是自己给予。

　　阳光，微暖，心，又开始回念，是不是梦还未走远？

　　远离了喧哗，回归了本真，这个时候的我，才是我想要的模样。也许，梦还是梦，我还是我，我只是一个在梦里游走的女子，终走不出生活里的那些坡坡坎坎，纠纠结结。

一直想写一篇文字，慰问一下疲惫的心灵，只是，终敌不过时间的仓促。一直也以为，时间可以改变很多，但是岁月里的有些情节，再怎么被风雨洗刷，也会留下深浅不一的痕迹。

在空闲的时间里，也曾试着问过自己，这样的生活有何意义？其实，这些问题，一时也说不清，因为生活不是我们能主宰，我们要做的，只是做好自己的本分，照着自己的心路前行，只要时光未老，光阴还在，我亦心安。

很久了，都没有时间整理心情，偶尔匆忙地收拾一下，也只是忙乱地带过，有些时间，我不知道都用于何处。一直都想停下来，可生活却不能让自己支配，于是，不再有任何奢求，只管我还能继续生活。

这段时间，我一直纠结着。当所有的事情都积压在心底，原来，我还是那么脆弱，我问自己，是不够坚强，还是不够沉着，再或是心理素质始终未能成熟。

问自己的时候，有莫名的哀伤，还带有那么一点心愁。我一直觉得自己是一个很坚强的女子，可是到了最后，还是只有把伤感写在脸上，把纠结压抑在心底。

喜欢文字，一直都是我生活的另一个版本。很多时候，在时间的允许下，我都是把自己埋没在文字里。也许，喜欢文字的女人不能和感情有所牵连，一旦惹上，就会给自己带来很多纠结和烦恼。

想起爱这个字，尽管有一些莫名的感触，爱，会让人充满幸福，也会令人失去理智。有爱的时候，可以海誓山盟，地老天荒，没爱的时候，就是仇人，总想把对方置于死地，让对方痛不欲生，把心里所有的怨都发泄在对方身上，试问这样的感情还有几人可以承受。

其实，缘分这个东西，没有谁可以注定永恒。有爱的时候可以好好珍惜，记住那段美好的时光，没爱的时候，仍然可以笑着说，你我还是朋友，只是其意义不同而已。

或许，这个世间真爱太少，仅存的就只有私心和占有，如果说还有，就只有微薄的那么一点点情感还牵扯着自私的心脉。

尘世间的爱，或许我们懂得的不够多，也不够深，但起码，不能将自己的怨恨强加在他人的身上。感情这个东西，不是注定的缘分，谁也不能把情缘两字刻上永久的链接。

很多人说，爱是两人的事情，其实，有时候爱也只是一个人的事情，没必要将自己的身份降到最低。有时，远远地看着一个人的影子，与其恶意伤害，还不如给予祝福，那样至少还可以在对方的心里留下一个美好的记忆。

岁月的路很长，长到我们都无法预计要去的路该向何方。有时又很短，短到我们在彼此擦肩的途中都可以听到对方的呼吸。所以，在空余的时间里，扪心自问吧，生活还有多少个这样的日子，经得起你再去伤害，再去折腾。

累，不由而言地心痛。当网络主宰了我们的生活，这个世间还有什么东西值得我们再去留恋，再去为梦想而执着？我想，这些问题，我们只有交给时间来定夺。

这个冬日，我只想把自己释放，让压抑的心得到放纵，多日的阴影，让疲惫加重心的负荷。一直在自问，是自己的错，还是时间的错，再或是这个季节的流程错写了当初。

第五章
安静的忧伤

"安静的忧伤"，敲下这几个字时，我是否对忧伤这个文辞有一种鸦片的瘾。或许，自己只是随意写写，随意把这个带着伤感的词汇写进文字里，只是随意。

对于这个季节，心里有一种说不出的滋味。那就是安静且有一种淡淡的冷意。

屋内，一种极低且冷的气氛，在这个不是很大的房间里弥漫着。嘀嗒嘀嗒的闹钟发出刺耳的声音，打破这个寂静的环境。

　　书桌上凌乱放着曾经翻阅无数次的几本旧书，那是一次休闲散步时，无意路过一家书店买下的，当时觉得喜欢，就随便买下了。桌上还有一杯泡着栀子的凉茶，也许是喜欢栀子花的原因，一直都是这个习惯，尤其在我安静的时候，就喜欢闻这个味道。

　　窗外，淅淅的雨簌簌地落着，偶尔一阵风来，整个玻璃窗上就沾满了细小的雨花，一朵连着一朵，就像一幅水墨画印在了窗上，只可惜，不容你细想，那水印就在你来不及的思维里化为模糊。

　　七月天，本就该在酷暑的环境中，只因为今年的气候不比往年，老天一直都阴沉着，时不时细雨飘飞，时不时雨点密集合着风一起狂乱地飞洒，偶尔露一下笑脸时，也是那么牵强。

　　书桌上的电脑一直开着，但已没有曾经的那份心情。习惯地挂着QQ，不是为什么，只是习惯在安静的时候，听上一首首还能与心产生共鸣的音乐。

　　《忧伤的很安静》，QQ里放出这首音乐时，这首歌的旋律真适合我的心境，我知道，我并非真的忧伤，只是习惯在静下来的时间沉淀自己，让自己的灵魂得以释放，与心交合，给空白抹上一些有思想的色彩。

　　安静，一种带着凉凉的味道，沁入骨髓的冷意，虽具有带着很重很浓的伤感成分，但是，我喜欢，喜欢它骨子里清冷。在这样的环境里思考问题，即便是再烦躁的心，也会慢慢平静。

　　雨，下得比以前大了，风，带着细小的雨丝从半开的窗缝飘进，我闻到了一种透心的凉。稍稍调整一下，还是为自己加了一件披风，心里想着，即便是喜欢，也不会跟自己的身体过不去。

　　关上窗，雨一滴一滴使劲地敲打在玻璃窗上，那种声音就好像一把乐琴在演奏，虽不及电脑里放出的那么动听，但它能融合我的心思，让这个寂静的夜里增添一些情绪。

　　我了解自己，知道骨子里不是一个甘于沉沦的女子。所以，很多时间，我只是偶尔忧伤一下，偶尔借用一下安静的环境来缓冲自己不安分的血液。

　　其实，心里想的，和嘴上说出未必就是相同的，有时候，敌不过生活的现实，那么，我还可以将自己沉静。所以，偶尔的伤感也没有什么不可以，至少，安静给了我们很多机会，释放自己。

第六章

流年浅语

冬月的南方，总是不怎么冷。当一片枯叶滑过我的眉间，我知道这个冬天，就快结束了。于是，我问自己，流年里的那些走过，该用怎样的心情来装点那些回忆。

很久了，不记得上次是什么时候外出，在我的记忆里，感觉就像隔了一个世纪。

今天，终于有机会稍作停留，只可惜没有阳光。天，阴沉沉的，但这些阻碍不了我脚下的步伐。呼吸着新鲜的空气，总感觉像换成了另外一个人，或许，人的思维就是这样简单，心开阔了，自然，人就轻松许多。

漫步江边，心情有说不出的舒畅。风，拂过眉梢处，总有几丝凌乱在心底散去。整个冬日，难得有这样的闲情，尽管天气冷凉，这份心情是值得拥有的。

光阴，在眼眸间停留，我听得见河水流淌心房的声音，只是心情，略有一些酸楚。

偶尔，用手撩开被风吹乱的额发，目光所及之处都是冬的苍凉，还有这季节压抑的情怀。或许，只有这个时候，我才清楚地听得见自己均匀的呼吸，和莫名的心动。

浅色的丝巾迎风飘起，就像我心底的情在慢慢涌动。

或许，是自己沉寂得太久，所以对这些小情节这么在意。

出来前，给友发过信息，说准备外出洗心，友回复我一个疑问的表情，我知道她想问什么，无外乎就是问我的心情有什么不妥。其实，也没有什么，生活就是这样，偶尔累了，就想出来走走，何况对我这样一个时间仓促的女子来说，是多么奢侈。

眼前的江畔，灰蒙蒙一片雾色，远处的山峦景物隐约可见，其实，我不在乎那些事物清晰可否，我只想让此时的心情多一些停留，缓解一些疲惫。

举起手机，连拍了十几张照片，尽管手机像素不是怎么好，这不影响我此时的兴致，我只想用最真实的状态，记录一下这时的心情。

一边走，一边扭转头张望，我不知道下次来的时间又该是什么时候。其实，我早已习惯了那些忙碌，习惯了在时间的仓促里，将风景一边走一边记录。

就像我此刻的心，对过往和未来不再奢求什么，该来的，自然会出现在我的视线里，不该来的，也自然会消失在我记忆里。

手机 QQ 的信息提示音响了，看见好友清纯的头像在屏幕上出现，点开字幕，"当心在江边凉着，说好发图片给我的，等你呢"，瞬间，我的眼眶湿润了，这暖心窝的话让我不争气的眼睛潮湿很久。于是，我回复说"别发煽情的文字，当心我掉江里去了"，一个偷笑的表情马上过来，我知道，我感动了，一连给她发了十几张图片过去，让她看看我们南国的冬是怎么样的色彩。

其实，有的情感真的暖心，即便是一句最简单的语言，只要在适合的场合，合适的心情，都会让这份友情升华。

我知道，自己是一个特别感性的女子。对于有些事，如若用情了，就特别珍惜那份情意，不管是友情或是爱情。

若爱，就必会将情全部倾泻，若不爱，就不会浪费自己的一点感情，我就是这样的女子。

我喜欢暖意的东西，包括情感，尤其在这个冬日之季。

于是，我想，用自己的方式把一些该记下来的，存储在记忆里吧。就像有些情，在我痛了，伤了的同时，我依然会用自己最真实的心情去接受。

我在想，如若有一天，我们真的累了、淡了，我还会这样执着吗？还会用一种执念去守候吗？

冬，就这样快走了，当最后一抹景物在视线里凋零，我不知道该用怎样的心情来装点这些流程。

如若，时光回旋，或许我会倚着心路。在轮换的光阴里，将最美的铭记于心。

第七章
素香

素，一种淡淡的味道，一直都深深地喜欢着，且深入骨髓。

淡雅的颜色，是我的最爱，每每看见那些素色在眼前晃动，心里面就有一种占有的欲望，想把它们全都收揽在怀里，于记忆里存放。也特别喜欢清淡，喜欢那种从骨子里散出的清香，说不出为什么，但就是喜欢。

喜欢，就有一种执着，一种偏爱，一种幻想。

　　于是，心灵深处，总是常常被素雅包裹，浅浅地爱着，淡淡地欣喜着。无论是什么时候，什么地点，什么事物，都有一种挚爱在心里暖暖地存放。

　　素，有着一股淡雅的清香，远远地，就可以闻到那股味道，不带一点烟尘，不沾一滴粗俗，让人看见就有一种舒心的喜悦。就好比一盆淡淡的九月菊，看着，就想轻吻到它的纯味，轻嗅它的幽香，念着，就想到它的好，浅浅地在心里散发，想着，就有一股甜甜的香味在心间溢满芬芳。

　　不知从什么时候起，爱上这种素白。或许，是在开始认识到素这个字，就有一种莫名的喜欢，以至于对它就有一种痴迷的眷恋。

　　一个人，漫步季节深处，凉凉的风旋起了枝头孤零零的几片残叶，那些发白的时光，早已抹去那些葱茏。隐约看见空气的浮动里，还有一些灰白在空中涌动，一直都喜欢这种浅灰的素色，仿佛包裹着无尽的浮想，而又不会一碰就触痛。

　　有的事，淡淡在心里放着就好，不必忆起，也不会忘记，就好比一件东西，喜欢，只是欣赏，远远地看着，也是一种享受，一种心灵的安慰。尤其素雅的东西，自己的最爱，从不会轻易地触摸那些诱发灵魂的影子。

其实，素，是接近忧伤的引子，喜欢素净的人，一般都有着一颗感怀的心，都希望从素雅的环境里感悟到人生的真谛。与其说喜欢素雅，不如说喜欢上了它略带伤感的情怀。

阴冷的天空，飞起了毛毛细雨，一股冷飕飕的凉风窜进了衣襟里，原来，秋已快渐近尾声。一首黛青塔娜的歌《寂静的天空》，唤起了心里很多的思绪。

寂静的天空，寂静的人，还有一座寂静的城，都在这个季节的凉意里显得那么灰白。

一直都听着这首歌，很多情怀在心里萌动，灰蒙蒙的天空里，浮现出一些还没有来得及整理的记忆。一些人远了，一些事淡了，唯有影子还在脑海里存着。

看时光如水，岁月的容颜逐渐走向苍老，繁华谢幕在素白的光阴中。

模糊的经年，一个人的世界里，仿佛一切的一切都不重要，至于那些曾经的人，曾经的事，不会再轻易去触碰，远远地看着，或许，也是一种美好！

　　灵魂，在素白的时光中游荡，那种骨子里散发出的挚爱，远远超过了那些怀想。于是，喜欢，就浅浅地爱着，淡淡地欣赏着，无关乎寂寞，无关乎忧伤，素雅就好！

第八章
又见那抹嫣红

早春的二月，气温还是那么冷凉，一阵铃声惊醒了我的睡梦。

朋友来电，说家乡的桃花快开了，问我什么时候有时间回去走走，看看今年的桃花，与往年有何不同。其实，每年的花开都一样，略有不同的是，是人的心情和环境。

记忆里，一直记得屋后的那片桃林，当春来的时候，光秃秃的枝干上，就开始冒出很多大小不一的苞朵，就像一个个趴在枝丫上的壳虫。一夜风来，漫山遍岭的树干上就开始冒出一朵朵粉红色的花蕾，一朵挨着一朵，一枝连着一枝，如一层层粉色的纱衣，罩在寒霜的枝头，为枯黄的树干取暖。

一阵风拂过，那一片片嫣红，就随着飞落的花瓣，迎风起舞。一瞬间，目光就跌落在那片花的世界里，就像一片干枯的荒田，一扇久未开启的心窗，突然之间，遇见了暖阳，入侵了柔软的心。

那个时候，最想做的一件事，就是希望在这片桃林里盖一座小而精致的别墅，和自己喜欢的人共度一生。

回忆，总是令人心生暖意。记忆的画面里，一个长发披肩的女孩，总喜欢在桃花开的季节里，站在一树树花下，执一支画笔，画这些桃花、骨朵、枝丫。

那时候的她，只想画下整个桃林，画下她的青春，还有她的梦想。她一直安静地守着这片桃林，最重要的是，她还等一个人，等一个人可以陪她画下这抹嫣红，并且一直能陪她一起把风景看透。

那个春天，桃花开得特别艳，就好像专门为他们而开，那情景像极了电视剧里才有的画面，一切都是那么唯美，那么倾心。再后来，一切都在幸福里温存，一季又一季，故事续集了几个春，只是最后的最后，故事还是进入了尾声。原来那个熟悉的影子再也不见。

或许，爱情就是一场花事，来得早，也去得快。

那个春天，从没有流过泪的女孩终于落泪了。站在曾经站过无数次的桃树下，她终于知道痛的感觉是什么。那时的她是那样柔弱，看着一树树桃红，纷飞的花瓣，终止不住泪如雨下。仿佛这个季节散落的花瓣，都在为那场倾城的终止而送别。

那一年春天，整个桃林特别冷静，一段故事最终画上了句点。花飞花落，花飞漫天，隔着时间的距离，最后，以花谢结局。

或许，缘尽了，风景也散去了，那一片桃园从此与之绝缘。

如今，又逢花开，原来的风景是否还是依旧美丽？

很多年过去了，不知道那片桃园是否还是当初的样子，是否，还残留着当初的痕迹。

或许，一次经历就是人生的一个转折点。时间在变，环境也在不断地改变，人的心情也随着年龄的增长，早已抹去了那份儿女时的单纯和柔情。更多的是，再忆起，就多了一份成熟和平淡。

　　于是，多年以后的今天，当故事再次掀起记忆，心里没有多少涟漪，有的，只是一阵叹息。许是，一切靠缘，缘尽了，自然，什么都淡漠了。

　　至于那些存在心里的记忆，偶尔想起，也是一种美的回忆。

　　而今，那一抹红再度开启，也只有用文字的形式，写上那么一段故事。也许，有一天，当我们老了，再来看看这些涂满青涩味道的文字，或许，只有这一片红，是青春里最美最美的记忆。

第九章
雨的印记

喜欢雨，一直都很喜欢。

或许，我是一个比较多愁善感的女子，所以，对于水分的东西特别偏爱。也或许，女子天生多忧柔，就和雨多了一层理不清的缘分。又或许，我前生就是一滴雨，因而此生就此甘愿随着风雨沉寂。

下着雨的夜，是那样静寂，滴答滴答的雨声穿过窗棂，像是一个女子幽怨的诉说，那么柔，那么轻，还带着一些心痛。

雨，大概就是忧伤的引子。

由于生活的繁忙，不知有多长时间没有来得及打理这些凌乱的心事，总是觉得心情太过疲惫，不想有太多的心事给自己增添负累。于是，一些不着边际的琐事就把它们放置一边，有时空闲了，偶尔也会想想，也会把那些走过的时光重新念起。尤其在这个寂静的雨夜里，思绪就像断了的线条，又会重新连接起那些悲喜。

一个人的夜，难免会想一些的往事，那些走过的日程里，也总会落下很多印记，或多，或少，或忧，或喜。于是，这样的日子里，文字就成了我心灵的伴侣。

也不知从什么时候起，我爱上了文字，爱上了这份用灵魂诠释生活的方式。或许，很多人不理解这份心情，不理解这份执着，但是，精神文明的物质生活，如果不用文字来堆砌，那么，尘世之外，还有什么地方可以给心灵一份安静。

记得最初接触文字，总觉得文字是那样神奇，像一个无形的蔓藤牵引着我，一步一步把我的心吸引，从此我的世界里，就这样和文字接上不解之缘。

在我的记忆里，曹雪芹的《红楼梦》是我最早的一本课外书籍，那时的我正在上初中一年级，当我偷偷地阅读完这本厚厚的中国名著，心里就有一个愿望悄悄地萌发。那就是有一天我也要让自己的文字印上铅字，在薄薄的扉页上开出馨香的花朵。

初写文字，是在一个好友的空间看见这样一篇文章，《人生，你寂寞吗》。其实，一个人的一生是远离不了寂寞的，有时，我们不妨在静下来的时间里，好好整理一下自己的情绪，那么，生活中很多困惑的因素我们就都可以慢慢接受。于是，我开始写了第一篇简单的文字，《寂寞也是美丽的》。

那个时候的我，对于文字，我是陌生的，也只能用简单的几笔加以拼写，写出的文字总是欠缺意境和主要中心。忽一日，在一个好友的牵引下，我来到了散文网，我才知道，自己是多么渺小。于是，我一边学习，一边看，一边想，再把自己的思维结合生活融入文字里，写下了一篇又一篇的心情，尽管不是很好，但是能慢慢看见自己的文风有所改变，有所进步，心里总会升起一种欣喜和安慰。

由于生活给我的困惑很多，渐渐地，我把自己心里的一些心语写到了文字里。一路走来，我也从中领会到很多，也看淡了很多，总是觉得，生活，能看开，想开，已是对自己和其他事物的一种释放和解脱。

在文字的生涯里，我知道自己的文字是渺小的，也是单薄清瘦的，尽管如此，我还是坚持执着。只因为，我还懂得，生活没有什么过不去的，如若现实不能将自己改变，那么文字，我相信，总会改变自己的心境，它会带着我的灵魂，将过往一一记录。

点击空间，看见了好友雨写的一段心情，那是下午和她聊天的时候，无意中就透露了我的心事，"友说，她想出版文集，有些顾虑。我说，出吧！一生很短，做自己想做的事情，老了的时光里，至少还有份念想可以温习。等走不动的时候，躺在床上，左边是明月，右边是墨香，该多温馨……"

于是，我敲下了这么一段心情回复在自己的空间里，"一直有一个梦，在我心里揣着，就是当有一天老了的时候，我还能看见年轻时的那抹风景，在我心里晃动。左手烟火，右手繁华，原来，我曾经也年轻过。"

真的，人生太短暂了，能在有生的年华将自己的梦变为现实，那是一件多么开心的事。我知道，对于文字的深奥，我领会得太少，也阅历得不多，但起码，我有一颗执着的心，会在这条路上将我的梦一直继续。

这一路走来，有开心，有失落，有纠结，也曾有过一些忧心。开心的是，我有那么多支持我的朋友；纠结的是，总会在心茫然的时候无处下笔；忧心的是，怕自己的文辞达不到读者的认可就不能引起他们的共鸣。

有时，也带着那么一点感伤把自己的心事融入文字里。谁都知道，喜欢文字的女子，都有一颗多愁善感的心，不然，怎么会有那么多的心思，让文字在她的笔下汇集。

这个雨夜，我知道自己的思绪又增添了一份寂寥，文字在我的笔下就像断了线的水滴，一滴一滴，一点一点地涌现。就这样继续吧，让我把黑夜坐到白昼，把心情全都写进文字里，不管忧伤，不管喜悦，我只想就这样，让这些走过的印记在我的文字里驻足。

当我敲下这个标题的时候，不知道，是喜悦，是惆怅。

"雨的印记"这四个字，就像一块烙铁搁在了心里，我知道，这是我多年的心血，也是我这一生的梦。

此时，窗外有雨飘过，而我的心，却在这细长的雨丝里，感受到无限的期许……

第十章
我在冬夜听风

很久，都没有晚睡的习惯了。而今夜，我突然没有了睡意。

小城的夜，寂静而单调。

室外，起风了，一阵比一阵猛烈，似乎要挤破门窗涌进来撕裂我的身体。曾经，习惯了晚睡。很久都没有这种意念，而此时，又将在这深寂的夜里，独自失眠。

风，越来越急，我索性推开窗户，一阵寒意贯穿我的体内，甚至血液。风声呼呼，夹杂着冰冷，直打在我的脸上，刹那间，体温降到了零度，透心的寒意，过分的残忍。那一刻，我感觉到心脉里被什么东西击中，麻痹了我的知觉。

一直不喜欢冬天，我不是怕冷，而是冬给我感觉太过死板，太招惹寒气。幸好冬天还有我期待的，就是雪花，只是很多年来，我的城，一直不见它的踪影。总觉得，冬缺少了雪的临摹，就少了一种饱满，一种失落，内心空荡荡的，像丢失了什么重要物件。

总记得年少时，冬天一到，就喜欢倚着窗户看外面。因为室外很冷，妈妈怕冻坏我，很少允许我往外面跑。那时候的我特别好动，一点也不安分，每每招致妈妈数落。因为孤独，就特别希望冬天有雪，那样，我就可以把自己严严实实包裹起来，去外面的世界里尽情地疯那么一次。

对于雪，我有着浓厚的情感，爱得有点过分。所以，即便是妈妈再怎么阻拦，也阻挡不了我倔强的脾气。

看着漫天的花絮一片一片地下落，整个儿心都轻飘飘地，过分的洁白，过分的妖娆，过分地惹我乱想……为它们疯狂，为它们迷醉。偶尔有风吹来，那雪花飘啊飘，我就跟着它们追赶……那时，真美，心纯净得跟雪儿一样，美得厚实，美得心里只有自己。

　　而今晚，我依旧倚着窗户向外面遥望，可外面什么都没有，只有风声，只有远处的霓虹灯忽闪着诡秘的光芒。忽而，心里陡然冒出一个念头，今夜，我想出去走走，不管外面多冷，我就想让自己疯那么一次。

　　这个夜，是孤独的。

　　穿上一件长棉袄，推开门的那一瞬间我没有犹豫，甚至觉得让冷风吹的感觉是那么舒服。满天没有一丝星光，只有城市暗淡的灯光反射出的影子，深长而模糊。

　　风吹来，打在脸上，生生地疼，可是，我喜欢，喜欢这种被刺痛的感觉。沿着一条深寂的小道，两旁的树叶摇晃得有点放肆，散发着寒气直扑我的衣襟。脚步很轻，接触地面的时候有轻飘飘的错觉，不踏实，有点空落落。

　　过了小寒的冬天，夜，更加深冷。风，急得一阵比一阵强烈，发丝乱飞，遮掩了我半边脸，我倔强地迎着，仿若它只是在安抚我的身体。今夜，我只想让风吹，吹着无眠的我，就这样一直走。

　　一个人的夜，如此地静，只有风声伴着，连天空都染上了寂寞。

风，呼啸着，张扬得厉害，像是要把这世间所有的尘埃卷尽，不留一丝残杂碎片。

冬夜，没有方向，没有目的，就这样乱游，连心都是空白的。可我希望有一阵风会吹醒我，促使我往返的脚步。

深寂的午夜，被风吹得有点心慌。

雾也压了下来，包裹着寒气直扑我的体内，可我不知道冷。我只知，今夜无眠，只想任凭风吹，任其卷走我的心事，在清冷的世界里，让心游走。

第十一章
俗味

很多时候敲文字，都会用到"俗"这个字。

其实，每个人都有俗气的一面，尤其是女子，但俗有俗的好处，不俗的女子，怎么能理解世俗烟火的味道。

俗一点儿好，难得有时间俗一回。其实俗的女子有时候很有味道，那种高雅的俗气是很多人装不出来了，尤其是小情调的女子，想着那俗得媚人的风情万种，心里面就忌妒得不得了。

俗，一定是带有烟火味的那种，不然，就俗得没有底气了。

真正俗得有味的那种女子，才算得上小资情调。

不知从哪一天开始，我也喜欢上俗这个字，尤其是看到那些俗得要命的女子，心里就生起深深的羡慕。看着她们一个个像妖精一样在我眼前晃动，心里就冲动得想把自己也装扮成妖精。

俗，一般和女子心情有关，有些俗味无关乎爱情。当女子遇到爱情，那种俗就算是低到尘埃，也心甘情愿。俗，一定是心里有了爱，才会矫情，才会把女子最妩媚、最温柔的一面表现。

说到爱情，就会牵扯到很多跟它有关的事情。

比如一个女子心里有爱，那满满的柔情就会随时显露在脸上，看什么都是满满的，满满的情，满满的爱，满满的笑，那些小矫情无不表明她们心里的情愫。

中午看雨的说说，我扑哧一声乐了，她说："深情莫过于此，梦里梦外都是那个人。"这就是女子最可爱的一面，那么毫不顾虑地张扬，毫无顾虑地矫情，梦里梦外都装着那个人，想必那个人在她心里的分量，是多么重。

原来，爱情就是这般味道。

这几天，上班闲时看了很多好友寄来的书，爱情文字专家，莫过于张小娴了，看她的文字，你会慢慢跟随她的笔迹走进书里，有时候，就好像是在写自己。记得看得最专心的一次，那是一个雨天，整整的一个下午全部都用在她的文字里，看到美好的爱情，我感动了，看到悲伤的结局，我落泪了，我就是这么柔软的女子，向友说起，友说我太感性了。原来，自己也有这么俗。

有时候想，让自己也俗一回吧，哪怕仅仅只有那么一次，只要时间、人物、地点都对，我也会让自己俗到低谷，毫无顾虑地爱一回。人的一生真的太短了，如果能在有限的时间好好地俗那么几回，也不愧对来尘世一次。

我一直在想，身为女子，最可怕的应该不是怕老。而是在有生的年华里，一些情感被辜负、被压抑。

看雪小禅的《禅是一枝花》，里面那篇《优雅的老去》很是入心。是的，女子，应该优雅老去，应该去学做一只蝴蝶，穿一身红衣，要美就美得炫目，美得妖艳，即使有一天我们老得走不动了，但我们还有一段最美最美的记忆。

女子的俗，有时候是那么的矫情。周末了，早上带女儿去爬山，遇见一中年夫妻，两个人走在我的前面，手拉手一边走一边看周围的风景，男人细声地说话，女子时不时发出几声娇笑，他们的声音那么温柔。我知道，我羡慕了，羡慕得有点忌妒，不是忌妒他们的温柔，而是忌妒那女人都接近中年了，那笑声还那么媚人。

记得有一天早上出门时，看着镜中的自己，感觉面容是那样苍白，顺手拿起口红想给自己最红的一抹，涂抹上去以后，感觉那么怪怪的，最后试了几次，还是拿起餐巾纸抹掉了。其实，我心里想对自己说，俗吧，让自己多俗几次，只是这些话我只能说给自己听。

和朋友在一起闲聊，都说现在的光阴怎么变得这么短了，一天的时间还没有怎么好好打理，就很快地过去了，是的，时间太短暂了，尤其对我们这层年龄的女子。

很久没有逛街了，那天和朋友逛街，看见橱窗里那些五颜六色的服饰，感觉那么格格不入。我喜欢素色服饰，淡雅的那种，我觉得素色女子一样迷人，即使没有风情万种，那种高雅的俗足以牵引很多人的视线。

其实，俗气只要不过分，不太那么刺眼，都可以令自己俗到舒心，赏心悦目。以前一直以为不怎么看好俗气的女子，感觉那不是自己想要的，可是近日特别迷恋俗的味道，也许就像雪小禅书里说，再不俗几回，真的就老了。

和友闲聊，友说，俗吧，女子是应该带有俗味的，就像矫情，只要自己心里喜欢，想怎么着都可以。

俗气，俗味，我想，我是应该好好让自己彻底俗一下了，不然，真的有一天老了，我年轻时候的资本还有什么价值。

俗吧，俗出女子的本色，俗出女人的味道，满满的那种，带那么一点野的风情，也不枉做一回女子。

第十二章

拾冬，暖心

冬来的天，总是那么凉，稍有不经意的疏忽，就有一股莫名的冷气入侵。

于是，这个季节我学会了安慰自己，寻一处有温度的环境，暖着心，疗着心痛。

这个季节，很多美丽，都被岁月颠覆上一层苍凉，那些有颜色的东西，都不知去了何处。阳光也总是那么羞涩，好像轻微触碰，就会消失在你的眼前，于是，悄然静守吧，将满怀的情意滴入指尖，让心情随意蔓延……

入冬的暖阳，照在懒散的身上，此时的心，竟有一种说不出的温暖，这样的天气，这样的环境，仿佛又回到以前的那种心情。

踏着来时的路前行，深陌的小巷竟有一种久违的感觉。如水的光阴，穿过灰色的墙壁，斜射出淡淡的微光，那些被时光碾磨成青灰的蔓藤，此时，也正黯然地躺在墙角，接受季节风霜的入侵。

这个寒霜浓厚的季节，总有那么一些琐事忧心。

闷沉的气息，依稀还能感觉到血脉的流窜。不知道，是这个季节冷，还是心冷，总是觉得干燥的空气里，似乎少了一些什么。

一片寂然，心头总有点点心绪累积，仿若这个季节的生机都凋零在这片沉寂的环境里。

远处，几棵桂树在风中孤零地摇摆，虽然它的叶子失去了原有的光泽，但仍旧把自己的风姿尽情地舒展。

走在这古老的青石板上，脚底发出沉闷的声音，好像这声音来自很遥远的地方，既那么陌生，又那么熟悉。

已是暮起，气温多了一些寒意，地面也略显湿润。此时，有风吹过，不由自主地裹紧了外衣。来这里，已是我很久的一个想法，只是时间硬把它改写到了冬季。

沿着这深灰的地砖慢慢前行，心情有说不出的一种舒适，多日的困惑就这样被凉意弄散。

寂静着，清冷着，我想，就是这种味道吧，才可以令自己不再有任何烦忧，就算没有光的余度，也可以在这暗淡的色彩里，将心情演绎到极致。

细窄的小路说不上悠长，但寂静里总有那么一些喜欢，尤其在这个黄昏。行人不多，就那么两三个，冷清得给人一种放逐的感觉。

两旁的风景树略带枯黄，几片凋零的残叶在枝丫上显得那么孤单，就像此时的我。其实，我应该比这些落叶好多了，起码，我还有机会找地方释放和排解。我多希望这条小径没有尽头，就这样走下去，一直走……

来的时候，就有一种打算，想捡拾几片像样的叶儿，回家做标签，说像样，其实就是光滑看上去比较入眼的那种。本来是选在秋季收藏这些季节遗留下来的东西，只是，时间一直都在我的后面追赶。

踏上细柔的草坪，有点不忍心，毕竟它们都是有生命的物体，但是私欲心总是迫使自己没有阻止脚步。零落的叶子一片一片，好像专等着我去捡拾，只是那些褪了色彩的落叶，条纹总是那么散乱，就像记忆中的影子一直乱着心，也暖着心。

"走得最急的总是最美的风景……"此时想来，这句话多么入心，是吧，最美的风景总是流逝得最快，最真的情感总是心底最深的伤痕。

暮色渐深，回走的脚步迫使我回头张望，是否某个角落还有我没有捡拾完的痕迹。

我知道，这些印迹是捡拾不完是，即使几个季节过去，无论是今天，或明天，都会演变成故事留在岁月里。

第十三章
过年记

今年的新年有点空落，没有多少喜气。

尽管还是往年那么多人，车水马龙，喧哗朝天。但感觉里，少了以往的热忱，多了一些说不出的平淡。

越来越觉得过年没有味道，一年不同一年，也许真的年长了，心境也不同了。想起小时候那么盼望过年，一到年关近了，就特别兴奋，甚至晚上觉都睡不着，就盼望着新年里穿新衣服，吃好吃的东西，玩好玩的玩具，听噼里啪啦的鞭炮声，在被窝里期待天快点亮起来，偷偷地喜欢着自己的喜欢。

那种年味回忆起来是香浓的，有种特殊的童年味，带着俗俗的一种热烈和欢喜。那时，我特别喜欢那种声势浩大的味道。还有震耳欲聋的喜炮声让我捂住耳朵蹦跳。家里家外，大街小巷，都是在轰轰烈烈操办着新年的来临。

而今年，我把自己变得懒散了，不想多动，也不怎么热心，仿佛身体里少了一种活动细胞。

今年的饭局也特别多，一听到什么婚宴、生日、聚会就有点胃不舒服，感觉有什么东西向外膨胀。

小年过后，年味就开始浓烈了，看着街上那些来来往往、拥挤不堪的人群，仿若那些喧哗与我无关。新年近了，却什么都不想置办。朋友说，新年了，给自己也添一样东西吧，哪怕是一条围巾，也是一种心情。听了这些话，心里越发低落，因为那些心情对于我已经没有了往年的感觉。

快腊月二十七了，才想起去商场随便买一些什么。我不是为自己，是为孩子们，因为在孩子们心里，我看到了我小时候的那种期盼。我带着女儿们走进商场，货架上全是新年的礼品，一切节日的喜庆让我眼花缭乱。买了糖果、瓜子、糕点……还有很多她们喜欢的。看着孩子们开心的模样，我尽量让自己也变得多开心一些。

年二十八，去妈妈家吃了年饭。平时上班一直忙碌，回家照顾孩子打理家务，很少有时间陪她清闲地坐一会儿。妈妈一边在厨房里忙碌，一边和我说着话，看着她头上越来越多的白发和脸上的皱纹，内心就惭愧得想哭。说实话，我对妈妈的关心太少了，每次都是匆忙来匆忙去，时间少得可怜。哥哥姐姐也都回家了，大家围着一张桌子坐着，平时都很难有时间聚集在一起，只有利用过年这个机会。今天妈妈特别开心，尽管忙碌，但我知道，她心里很甜，因为看见她脸上的笑容那么温馨。

年三十，和孩子们放了烟花。我怕火炮巨响的声音，所以只买了那种可以拿在手上放的长筒形状（上面写好有一百颗，其实就只有三十来颗射出的烟花），当一连串的火花射向天空，那颜色好看极了，都说烟花很美，那一刻，我真实地感受到美的绽放。孩子们开心地数着，笑着，那笑声感染着我的热情，也牵起了我内心的暖意。

事后看了一会儿春晚，觉得那些节目太乏味了，没了往年那些剧情高潮，少了一些新意，多了一些老套。当子时的钟声响起，我在新年的鞭炮声里睡去……

　　年初一那天，去了人潮拥挤的公园，很久没见过那么多人，有窒息的错觉。整个上午都不停地，身子挨着身子，脚挨着脚，整个人散架地累。中午回家，躺在床上再也不想动，新年的第一天我就让自己赖床了一个下午。

　　晚上去看了灯会，老远就看见霓虹灯的光芒迷离刺眼。因为是第一次看灯会，很是稀奇，有莲花灯、仙女下凡、鲤鱼跳龙门……又因为是猴年，猴灯特别多，躺着的，站着的，坐着的，什么惹人喜爱的姿势都有，看得我眼花缭乱。很是惊讶那些设计，有逼真的感觉，尤其是那是灯谜，让人流连忘返，不忍离开。

　　走出灯会，看见很多孔明灯在空中飞啊飞，忽而心里就有了冲动。许一个愿吧，我对自己说，不管它是否灵验，我只想让自己在新年多一个愿望，让心情在夜空里飞……

　　年初里，几天的阴天，心情有点潮湿，越发不想挪动，还好初七那天给了我惊喜。早起撩开窗帘，就看见白白的雪花漫天飞，那场景绝对地惊讶，绝对地喜欢。

　　我是南方女子，很少看见下雪，所以对于雪花的来临于我是个意外，尤其贪恋这漫天飞雪的浪漫和激情。刚好那天又是情人节，我自我感觉那是老天给我的礼物，心情跟着雪花飘飘起舞，像花絮，惊艳得张扬。

我拿起手机写了一条信息，我只想告诉那个人，我的城也下雪了，像你的城那么白，那么柔，还有我的心也跟着一起飞。但是，我没有按下发送键。

站在漫天飞舞的雪花下，一直伸着手迎接着，一片、两片、三片……直到满满的一手洁白，直到年味在我的手心里多了一层暖意……

第五卷

梦 落 冬 院

时光去了，什么都成了旧样。

老了，一切都老了，小院老了，光阴老了，

连想一个人的心也老了。

这夜色，就像一张情网，网住所有的流逝，太惆怅了。

可是，那些爱情啊！还在心底缠啊缠，绕啊绕……

第一章
小光阴

有微暖的阳光，有花香鸟语，有温情一丝丝的流露，还有一些跟爱情有关的风景，想想这些画面都暖得心跳。

但是，想象归想象，生活归生活，而那些光阴中的故事只能幻想一下罢了。

时间一晃，小半生就过去了。以前，一直觉得时光是漫长的，就那么一转眼的工夫，变得短了，短得有点心惊，甚至有点措手不及。就像九月的时光，早上也亮得迟了，晚上也黑得早了，想想这些流逝啊，真的心慌。

季节逐渐转凉，冷意加深。打开衣橱，有鲜艳的颜色进来，为自己选了一件素色的碎花，原来，那些有颜色的衣衫再也跟自己格格不入。

不再喜欢艳色，只是喜欢一些比较顺眼的素色，而那种素，一定要动心的那种，就是看上去一眼入心。就像爱情，入不了眼的，即便是再多的殷勤，也走不进心里。

喜欢安静了，时常一个人在凉而有风的日子里行走，比如早起爬山，夜晚下班后一个人漫步，还有，就是戴上耳机，放上自己最喜欢的歌，那音乐缠缠绵绵，柔软到骨酥。

今年特别喜欢棉麻，只要是入眼的那种款式，就一定会买下，不再心痛那些银子，也不再为花掉一些积蓄而闹心。

昨天，朋友来了电话，叫我陪她逛街，才想起好长时间没有闲逛了。

想想以前最喜欢和她们疯了，一疯起来就不要命。酒吧里可以唱歌喝酒到深夜，扯开嗓子吼得撕心裂肺，唱到动情的歌曲可以泪流满面。那时候，最怕她们灌酒了，我酒精过敏，每次喝过后就会全身长满小疙瘩，每次出现小疙瘩就后悔下次一定不再折磨自己，但一到疯劲上来，就忘记了那些教训。

想想那些日子，就特别开心，事后她们老是笑我"没心没肺"，抵不住诱惑。

那时候，就这么简单，什么事都不会经过大脑，只要自己想做的事情，就尽情地去疯。

记得最刻骨的场面就是，曾经背着我可以跑几里路的那个人，现在想起，那个时候真的浪漫。为了让我开心，罚自己累到不能喘息，还逞强说，我还可以跑很远，那个时候，总会感动得泪流不止，还一个劲儿地给他擦汗。

到底是光阴去了，一些心境终是淡了下来。不再喜欢看那些肥皂剧，特别是那些演得烂掉牙的爱情剧，以前可以看个通宵，也不怕早上起不来床，现在一看到这样的剧本就马上调换频道。

终于可以限制自己了，也学会绝情了，不会因为一些感情而泪流满面，也不会让那些没心没肺的日子重新导演。

朋友说我比以前成熟多了，有女人的老练，多了一些阅历，少了一些幼稚。我笑了笑，算是默认。

其实，我一直都想过安静的日子。比如这几年我喜欢上文字，习惯了看书，习惯了一个人的生活，更习惯在安静的夜里，敲下一段段长满细菌的字符。对的，文字是细菌，我是这么认为，读它，写它，恋它，真的有瘾，就像情人眼里出西施，有一种致命的毒，蔓延了整个血液。

以前一直穿比较轻巧的休闲鞋，不知道什么时候起，迷上了高跟鞋。说是女人穿高跟鞋有一种迷人的气质，优雅独特，又显女人味。其实，我一直不喜欢优雅这个词，因为我知道自己优雅不来，喜欢自由散漫，无拘无束，但是，我还是爱上了高跟鞋，听说高跟鞋可以增加自信，所以需要给自己更多的自信。

最近一直觉得，一些光阴啊，真的太快了，快得我都快跟不上节奏，人也变得懒散了许多。

有时候想，如若有的东西可以用一个锦盒封存，是不是就会不让其流逝，是不是就不会遗忘，永远都会住在心里，不被时光淘洗。

人啊，就是这么脆弱，明明有的东西去了就去了，还干吗那么恋旧。或许，恋旧就是一种病，也只有一个人越想安静的时候，就越容易怀念那些旧光阴，旧风景，旧心情，还有旧爱情。

　　恋吧！我允许自己，允许自己偷得半日闲情，让这些小光阴，在心里开出素素的小花小朵。

第二章
心念

终于，入秋了，这是我期待了很久的一个季节。

暮色时分，一场炽热的气息终于慢慢散去，临秋的小雨显得还有几丝余热，淅淅的雨下得比较单薄，就如水蒸气腾起的烟雾，把闷热的气温稀释了少许。尽管雨下得不是很大，但被雨打湿的空气里，还是有一股湿漉漉的感觉，湿润、清晰、干净而清爽。

沾满尘土的青绿，仿佛也换上了新装，褪去了尘埃，那绿色的植物就像被添上了新的色彩，虽有一些暗淡，但起码不显得那么陈旧和老气。毕竟是秋天了，不能再像以往的风景。就像人的青春，总会在时光的流逝里逐渐远去。

好久没有这样的心思。看一场小雨落下，心情也就跟着舒展很多。索性走进雨里，让雨直透薄薄的纱衣贴近肌肤，淋湿着枯燥的心。走在这样的雨里，心情有些说不出的舒服，远处的景物，似朦非朦，是雾非雾，如烟雨迷蒙般清新入骨。一阵风拂过，那雨雾又似飘飞的丝带在空中灵动地起舞。

一直都喜欢秋天，仿佛这个季节与我的魂相连。无论是晴天或是雨天，这个季节对我来说，都有着丝丝缕缕的牵绊。

秋季的美，都有着数不完的章节，它，高雅的风姿，成熟端庄，就像一个脱俗的女子，着实令人心生爱意。喜欢秋，不只是因为贪恋，而是喜欢它那种植入骨髓的清雅和不浮不躁的风韵，一如我喜欢在孤寂的雨里，尝遍它独特的冷意。

秋的来临，我不知道，用什么合适的语言才可以将心情完美表达，怎样用文字的方式才可以把词句书写完整。当风来时，我便知晓，我又开始将心情沉浸在这个多愁善感的日子里，不是有意流露感伤，而是秋的萧瑟始终带着冷意。

其实，喜欢这个季节，无关乎心情，无关乎落寞。只是喜欢这个季节的味道，喜欢在清凉的时光里，嗅一朵花，温一段时光，再将压抑在心底的情感一并随着文字释放。

一直觉得，自己就是跌落尘土的枯叶，在生命的过程中，经过岁月无数次的洗礼，从而使自己脱落了原来的初始，远离曾经的青涩。只是感觉，时光给予我的就是一场梦，在那些记忆的章节里，我知道，原来已远离，秋，正带着浓厚的气息入侵。

一直视秋为生命里最重要的季节。当秋风旋起片片落叶，心里很多的愁绪就好像得到了释放。叶儿，一片又一片地飞旋，在指尖跌落，我知晓那些无声的叹息，带着缠绵、哀怨、惆怅，甚至寂寂地死去。

风，夹杂着尘烟，伴随落叶缓缓地落至窗前，凉凉的味道里夹带着苦涩和感伤。

许久没有写关于感情的文字了，一直在问自己，是不是心已老了，或是什么都看淡了，再或是自己的心思多了成熟和阅历，觉得那些所谓的爱再也与之无关。

看过很多关于爱情的文字，只觉得那些对于我，是奢侈的一个词组。

多年以前喜欢看琼瑶阿姨的小说和电视剧，每看到剧情出现悲情的场面，眼眶总会潮湿很久。虽然觉得剧情中的人物只是在演戏，但是自己还是会深陷其中。或许，这就是比喻女人如水的性格，多愁善感的情怀吧，要不然，那么多的书里写道，女人是水做的。

当日子静下来时，才感觉光阴跟年幼时滚铁环一样，那么快，那么愁心。

抚摸额前的发丝，原来的刘海已自然地分成了月半，向一个方向聚拢，虽有时还想再一次梳齐眉间，可总觉得这样的装扮不再适合自己。青春远了，原来心也会飘离，就连收拾自己也没有最初的那种心情。

其实，有时候还是羡慕有爱的日子，毕竟自己有过青春年华，如水时光。这样的思绪，让我看见自己青春的影子，年少的张扬，花月的容颜，那时的天真。

我知道，时光就是时光，它不会为谁停留，也不会为谁施舍情感。关于往昔的一切都将成为过往，也包括我的情感。去了，就去吧，我没有什么遗憾，唯一不称心的，就是我没有在最美的年华里好好珍惜。

人的情感，就是这样复杂，就如此刻的心情，说不念旧了，也不再期待什么了，但心思却由不得自己。

许多时候，总以为心会随着时间远去而淡漠，会随着环境而改变，但寂静的日子里，尤其这个秋凉的季节，总会不经意间怀念起，那些曾经。

第三章
凉薄

一　文字

一直喜欢凉的东西。

好比夜凉如水，无论多烦躁的心情，都能在丝丝凉意里感受一份沉静。

是我人凉吗？不是，其实，凉的都是文字背后那一刻的心思。但跟心情无关，只因为爱了这份凉，就有一种瘾附在骨子里。

收到好友寄来的书已经几天了，是雪小禅的两本散文集——《繁华不惊，银碗盛雪》《禅是一枝花》。

读她的文字，那才叫一个凉，透心的凉，那么入心、入味。

刚看到这个书名，我知道，这就是我喜欢的，就像我的烟花，那么贴心。

喜欢文字，这是我唯一的爱好。能在空余的时间翻几页书签，写几行小语，对我来说，已经很满足了。

我知道，很多往事会逐渐生凉，会逐渐淡漠，但有文字陪我，再多的心事，也会在消退的光阴里慢慢隐去。

就像雪小禅书里说，把日子慢下来吧，过成自己想要的模样，即便成就不了什么，也要将日子过成诗。

二 落花

喜欢凉，即使是凉到骨髓，也甘愿跟着沉沦。

就像散落的残花，即便是香损的瞬间，那种凄美的柔情，我也能感受到那种心境。

这个季节，整个儿的心思都是凉的。

看窗外的梧桐花开得那么娇艳，眼眶里就涌起了几丝羡慕。还是翻几页书，写几个文字吧，而后再倒一杯白开水，润润心，把纠结降到最低。

小城的烟火，就这样不温不燥，那些被时光掀起的心事，常常会让我的思绪莫名低落。

看梧桐花飞，枝叶散乱，心事就会多纠结一些。一直喜欢一个人独行，哪怕清冷的黄昏，或是雨落的日子，都会让自己去感受那份静寂。

冷浸，多了一些惆怅，就这样静静地看着眼前的风景发呆。

突然想起当年为我写诗的少年，是否还是当年的模样，是否这一季落花飘飞的日子里，你也会记起曾经流年里的章节，那些月前花下的情怀涌动。

不经意间想起，人生不就像这些花吗？曾经一度的怀想，一程的眷恋，满怀的柔肠，到最后终成为记忆的断章。

三　纯棉

突然地，没有了心情，不知道是不是四月走了，或是很多风景和故事都随着那个四月溜走，再或是自己把自己丢失在那个季节。

不想再说话，看什么都觉得那么陌生，那么模糊，那么遥远，忽然间没有了自己。

突地好喜欢纯棉衫衣，特别喜欢，每每看见一些带着薄薄的、柔软质地的棉麻服饰，就会让目光多一些停留。

许是跟心境有关吧，人说，女子到了一定的年龄，就开始怀旧了，或许，这些棉质的东西会让我们想起很多过去。

这期间，心情开始有一些恋旧，比如，一些事，一些人，一些风景，一些故事，都能牵扯起心情的潮涌。

其实，不是一个柔弱的女子，只是有的东西放在心里，就有牵引的记忆，或许，这些都跟喜欢纯棉有关。

纯棉女子，开始不再张扬，不再显示自己，即使偶尔任性，也开始有了收敛，觉得那些不再适合任性的年龄。

喜欢纯棉，不仅仅是喜欢它的柔和，它的舒适，更喜欢那些凉而静心的舒适。

伸手触摸，柔软的感觉，细腻的那种，就像女子的心思，多了一份温柔，少了一份粗糙，软软的，薄薄的，带着潮湿在内心蔓延。

四　雨季

五月的时光，越来越薄，薄得有那么一点颤意，虽说夏的日子已来了多日，但在安静的角落里，那些炙热的余温始终远离我的视线。翻阅手中的书籍，总觉得这些光阴不是为我抒写。

五月，雨水最多，也是最泛滥的季节。

窗外，庭院深寂，一些记忆就跳出来，牵动着思绪。

随着雨的临摹，那感觉好熟悉、好温馨。雨滴在了心里，又润湿眸间滑过的身影，又好似你温柔的双手，拂过我烦躁的心，少有的舒服，就这么留在了心底。

凉，我喜欢这种意境，也只有在这样的环境里，才可以不让心惆怅，不让心念冲垮情感的防线。

终归是女子，喜欢被宠着，惯着，温暖着，被幸福包裹着。就像我喜欢初夏的那抹青绿，在我眼里，它的色彩只为我，只围绕着我。

春，远了，一些风景，也开始远离了视线。而我，喜欢怀旧，也开始多了一层思念。骨子里的孤独，沉默得不想再言语，唯有用文字勾勒出那些深深浅浅的印记。回眸处，心事早已凋零一地，却不想再去一一捡拾。

　　小城的烟火，就这么温着，凉着。本该以为时间长了，光阴会抹去一些痕迹。原来，所有的心思还是会泛滥在这雨季里。不远，就这么牵绊着，不近，就这么念着。

第四章

再见，那些时光

记忆里，依然还是昨天的风景。许是，心太恋旧，所以很多事，总以为还未远离。

今冬的天，没有往日那么寒冷，但还是有时不时的几许雾气夹杂着冷意入侵。

青灰色的天空，依稀还可以看见几缕薄雾。许久不下雨，干燥的气候里，总感觉灰尘布满了鼻孔，连呼吸都有那么一点窒息。突然觉得这样的日子，好沉重，好困惑。此时，好想来一场雨，把所有的尘埃洗去，而后，再来一束阳光，暖着这些凉薄。

一片残叶，不知何时落在我的肩头，淡淡的枯黄散发着尘埃的味道，干枯的细纹里，依旧还可以看见最初的美丽，可以想象，如若绿意复苏，它应该是怎样一种欣喜。

记忆里，总记得有过的时光，青春的妩媚和张扬，年少的懵懂和梦想，还有那些发生在身边的人和事。曾经以为，很多东西，我们只要不去碰触，就会慢慢地淡忘，可随着一片落叶的轻触，就会碰痛那经脉，弄疼那肌肤。有时，人的思维就是这样脆弱，往往不经意之间，就会诱发埋在内心深处的孤寂。

一些人远了，一些事淡了，生活却不是我们想要的结果。虽然，从不承认自己的柔弱，但，当过往的风霜再度卷来，内心的软弱还是抵不过寒凉的侵入。

站在冬的深处，感觉阳光散发的余热远远触及不到心的距离。于是，心就特别依恋过去的时光，总感觉，那些逝去的日子，还有一些未了的心愿，还有一些余温在心里未曾散去。

回望那些远去的风景，眉间落下几许愁绪。曾经，生命中那些来来往往的人，如今，还剩下多少记忆，还有多少人值得我们再去回忆。远去的时光，只留下一片苍白，凌乱着心情。

逝水流年，看风景一层又一层剥离枝头，那些美丽却不能为谁停留。或许，时光的轮转太过匆匆，多少的相逢也只能擦肩而过。多少的走过，也只能给彼此留下淡淡的一抹。

深冬的天，总是那么薄凉。额前的发丝，在风中凌乱地飞舞，却丝毫也激不起热情。

一切都乱乱的，理不出一丝头绪。顺着风飞起的尘烟望去，一地的枯黄，在这荒芜的原野里，显得那么孤单与荒寂。努力想搜寻到一处还有生命迹象的杂草，无奈望痛双眼，也找不到一丝残存的绿意。

或许，一些美丽，终究会被时光淹没。正如，人生的许多相逢，初见，一切都是惊艳的美丽，而后，淡淡地就有了距离。许是，人与人之间始终都有那么一些不可跨越的鸿沟。所谓的相逢与离去，只不过是一种替代的转换过程，谁也不会预知未来还会发生什么。

对于时光而言，我们只不过是一粒细小的微尘。那些生命中的走过，是相逢与别离的叹息，丝毫不能改变时间的继续流逝。曾经以为，美丽的风景一直会延续，美好的时光会一直伴我们走下去。殊不知，光阴也会有苍老的一天。

看身边的人和事逐渐走向淡漠，很多的感慨就涌现心底。

生活里，我们总是让自己忙碌，也总是在不断追着时光前行，最后，发觉自己一路辛劳奔波，却不知道自己到底想要的是什么？

生命中，曾经出现的风景，都已被时光埋没。渐行渐远的日子，已在我们的视线里逐渐远离。回首人生的路，总有一些孤寂和失意时常困惑自己。

一切，远了，淡了。站在这个季节深处，想找寻一些属于自己的色彩，却总有一些莫名的悲凉。

这个冬天，倚在干燥的气候里，已经没有再多的心思来打理那些凌乱。唯有的，只想让自己安静地走过这个冬。

再见了！那些远去的时光。

再见了！那些远去的人，远去的事。

或许，今生我们再也回不了最初，那么来生，是否还会邂逅那一段未了的尘缘？

若有，我一定会守候这一程风景，为来生埋下引子，将这一世时光牢记。

第五章
一枕雪

一早醒来，我看见雪花飞啊飞，落了一枕。

那个落啊，轻飘飘的，像棉絮，像白白的花瓣儿，像一朵朵爱莲，落满了整个屋子，柔得心碎。

我的视线湿了，湿得呼吸都沾着暖意，渐渐地，手机屏幕也模糊了，可是，那雪花，那么软，那么柔，那么吸引心贴近，想把它们装进一个框子，盛满满的一篮子雪，就像装着满篮子的爱，融进心房。

"让雪温柔你的梦，即便是你不能亲眼看见北国的雪景，我也会让这个冬来的早上，让雪花落在你的心里。"

看着友发来的图片和温柔的言语，我的心更加湿润了，我知道，不是泪的湿度，是雪花的滋润，让心满满的。

我真的喜欢雪，不是随便那种喜欢，而是爱。

雪的美，洁白、出尘、凛冽。美得不敢接近，那种刻骨的寂静之美，让人幻想、向往，充满神秘。

雪花飘飘，田野枝头，山川河流，满世界的白，满世界的纯，全是禅意，全是梦境，全是我的爱呀。

一直记得那年的那一场雪，多年无雪，这么多年过去了，记忆依旧清晰。

大片大片的雪花，像薄薄的鹅毛，像洁白的花絮，像一朵朵六角花，漫天飞舞，落在我的肩上，发梢上，还有手掌心里。于是，满地白了，房屋也白了，树丫也沉甸了，还有心，也白得蒙上了一层层幻境。

我使劲地喊：雪儿，你下吧，下得大一些，再大一些。也使劲地笑，那笑声充满了快乐，好响好响，震得枝头的雪簌簌往下掉。那个人也笑，也跟着我一起喊叫，声音温柔得心醉。

那一场雪景，那些脚印，那些用爱心堆积的雪人，关乎着很多秘密。

那场雪，整整地落了一天一夜。早上推开门窗，整个儿都是白的，风带着雪味进来，卷走了我的魂，于是，我跟着风跑啊跑，一串串脚印，深的，浅的，留下了一路的痕迹。雪下得很大很大，悠悠地飘着，脸上，头发上，全是白白的一层，他笑了，我也笑了，那情景好美好美，美得心痛。

于是，一到冬天，我就开始等雪，等雪落在身上，落在梦里。

在我的心里，雪是最干净、最白的，干净得不染一粒尘埃。雪的白，透心的凉，它的纯，像初恋，带着心动，最容易勾魂，把人的心思染上爱恋。

日子越发渐长，心思也就越发怀旧，忽而，好想来一场雪，重温一些梦境。仿若雪花就是知心的恋人，只有它最懂得一个女子孤傲冷寂的心，最需要安暖和呵护。

雪域倾城，美得心醉，也美得心碎。

夜里，我寻着星光点点，搜寻每一个角落落下的痕迹，踩着一地雪白，吱嘎吱嘎，那声音那么清脆。偶尔有风来，也不觉得冷，只感觉是一股股清冽把所有寒气加以修饰，暖成香，是雪的香气，直入肺里。

雪是有香气的，也有灵魂的，不然，它怎么会下得那么决然，那么凛然，那么迷人。

细碎的光阴去了，连心也一块儿去了。唯有那一场雪没有去。

夜里，我翻开书卷，暗落的灯光下，一张张发黄的纸笺，字里清清楚楚地记载着那一年，雪落下，烙在心里。

是夜，很静，我希望今夜再邂逅一场梦，梦里有雪花有你。

明早醒来，雪落了一枕，依旧那么清晰，就像那年的一段故事。

只有雪，只有我和你。

第六章

寂寞的烟花

烟花，纵然凄美和凉薄，但我还是想做一支烟火，不管在绽放的瞬间是否绚烂和耀眼，我都将无怨无悔地为此付出。

我知道，这是我一生的梦，心里一直怀揣着这样一场梦境，就是在文字的天空，将自己的灵魂和妖娆倾情奉献，哪怕坠落时有无限的痛苦，我都不悔将这场梦演绎得尽善尽美

秋，一个带着凉味的字眼，念起来总给人一种冷的感觉。我知道，这个字有那么一点凉薄，但我就偏喜欢这种味道。于

是，秋日细雨这个名字从此就在文字的一小块角落驻足。

喜欢文字，从小就是我的一个爱好，不知从什么时候起，文字就成了我生活的一部分，也占据了我灵魂深处的每一个缝隙。简单、随意，是我生活的本真，多愁善感且是小女人的情怀。当然，有那么一点点清高，但是和傲慢却沾不上边。任性，且是一个女子在某种程度下一些小矫情而已。

一直向往一种生活，那就是在这个繁杂的尘世里，寻一方心灵的净土，让我这个喜欢文字的女子，在一个无尘的世间里，自然地生活着，怀想着，惦念着，眷恋着。

还向往自由的生活，那种欲望近乎个人内心的膨胀，总想在某个日子，给心灵一块空地，让灵魂在大自然的视野里尽情地飞翔，无忧无虑，无牵无挂，无拘无束，无烦无躁。

我知道，从我爱上文字的那一刻起，我就注定着和寂寞纠缠，和孤寂缠绕。

游走于文字，其实，我是在寻找一种寄托，也可以说，我是在给自己寻求另一种生活。因为尘世的繁杂，现实的残酷，生活的无语，让我这个本就多愁善感的人儿，多了一层忧虑。

记得进入文字这个世界，我一直都很小心翼翼，生怕一不小心就让自己没有了底线，结果，还是让自己陷入了进来，以至于泄露了自己很多的心事，也渲染了自己内心的一些秘密。

人说，烟花凉薄，我却比烟花更凉薄，所以，从我笔尖流出的文字，都带着一股冷冷的凉意，以至于很多人读起来，就有一种伤感掺杂在里面，使人凉心。

其实，我并不喜欢寂寞，也不是有意流露感伤，只是，在文字的世界里，我就想做那一支凉凉的烟火，尽管妖娆只有一瞬间。

当我从一个不起眼的小女子，能在文字的世界里成为一名普通的作家，我已经感到很满足了。一路走来，我读了很多文字，也看了很多名人和网友的文章，实在是感到自己的渺小。我读雪小禅的《烟花乱》，张小娴的《面包树上的女人》，再读安妮笔下的《彼岸花》，我觉得自己就是那故事里的女子。

或许，文字本身就是一种毒药，让我们这些爱文字的女子一触就痛。其实，想我这样的女子不应该待在这个世界里，有时，文字里散发出来的凉意，足以淹没自己的整个身心，但不得不将自己奉献，因为，我感觉自己就是开在文字里的烟花，那么凉，那么冷，又那么深入骨髓。

从《寂寞时也美丽》我开始踏入文字这个神奇而又充满迷离的世界，一篇《落叶伤秋，爱飘何处》，一篇《夜之魂，谁怜心伤》，一篇《浅秋，落叶，碎语》，再到今天的《寂寞的烟花》，我知道，自己终走不出这一层层深浅不一的痕迹。

我的字符，以及每一个细胞都散发着透心的冷意，一种薄而凉渗入了骨髓的经脉。虽然很多地方抒发得不够透彻，但是，我却用自己的灵魂在演绎一场人生的真谛。

有时，我觉得自己近乎傻气，明明很多只是梦而已，却还是不禁疲惫地在文字里奔波，以至于把自己囚禁在这个世界里，再也出不去。

或许，爱文字的女子，不应该和爱情沾上关系，因为一旦爱了，就会死心塌地，就会不经意地做出一些傻事。在很多人眼里，爱情就是毒药，沾上就再也戒不掉。而我不是圣人，我只是一个普普通通的女子，怎么能逃得过这些劫难。

爱，会让很多人失去理智，爱也会让很多人感受幸福的甜蜜。而我，就像那夜空里的烟火，在等一场绚烂，哪怕瞬间的美丽，我也要自己在夜里绽放迷人的风采。

其实，我就只想做一支烟花，无论凉薄或凄美，我都会在最短暂的时光里，将自己的灵魂绽放得尽善尽美。

　　也无论是否有掌声为我响起，这文字的舞台，我都会一如既往地站在台上，为自己独舞一曲，直到剧终。

第七章
西山记

假期里，我去了西山，虽说很近，我还是第一次去。

那日，我登了很多台阶，生平第一次爬了那么高的石梯。本来是没准备去西山的，途中听到邻座的一位朋友说起，一时兴起去了这座听说已久的园林。

那日，天气特别的好，阴沉了很久的天空终于有了阳光出现。

走进西山，那里的山，那里的水，还有那里的花草树木，包括空气，说不出的喜欢。清寂、深远，有着浓浓清香的味道，且带着寂静而又迷恋的气息，就像遇见了一场前世的轮回，在心里。

很久以前就听说了这里是一块清静之地，一直很心动，那日终有空闲来浏览它的美景。

刚到山脚，就已感受到熟悉的气息，很浓烈，直入心底。

天然的风，天然的空气，天然的植物花朵，天然的小溪水流，是的，一切都是天然的，还有天然的情，就好像专为我而准备。

昨夜的雨，地面稍有潮湿，石阶上还残留着许多落叶拂过的痕迹。到底是深秋了，有丝丝冷凉侵入，湿湿的，如此地震撼着心，又如此地牵住视线不忍离去。

石梯两旁的花草树木散发着层层清香。一个字，美，美得心动，草木，整个的葱绿，看不出秋天到来的迹象。偶尔，有几片叶儿从眉间滑过，也是带着轻柔，就像情人的手，温柔地触碰。

如此眷恋这些时光，枝丫的缝隙处有微暖斜射，层层光环散发出暖意，不由自主地使人身心迷醉。我喜欢这样的气息，不是很浓，但又特别暖心。这个时节，游人不是很多，也特喜欢这样的静寂，偶尔有两三个人经过，那神情都是平和、愉悦、特别的精神。

小桥流水，清澈而明净，不见一丝被尘埃玷污的痕迹，就像几百年前的光阴，朴实带着恬淡。只是，还是有些寂凉，可这些寂凉都是我喜欢的，而且如此贴心。

转了无数个台阶，差不多都是青砖石板，两边石雕上有古朴的文字，大致都是古代名人的诗词之作。经过光阴的流逝，很多已显示出斑驳和沧桑。但是，这历史的光芒是无可改写的。一路的风景，无论从哪个角度细看，都满是无限的遐想和深远的况味。

石壁很凉，散发着湿气，有的凹凸不平，有的已不见了棱角，但大致还是可以辨别字体。

走进小阁楼的深院，有木桥，有流水，有花香，还有雕刻成花式的围栏。小天井有阳光照射，有暖昧的味道蔓延。虽不是很大，但特别雅致，这种古式的风格，那么熟悉，好像我在梦里曾经来过，对的，就是在梦里，就像我前生居住的地方。

穿过一条小径，是一段细长的小路，路两边种满了各式的小花，有青的白，红的绿，还有妖艳迷眼的"蝴蝶红"。"蝴蝶红"是我给它取的名字，因为形状像蝴蝶，具体什么名儿，我不清楚。那花色真的吸引人，红红的一大片在青绿青绿的草叶上，整个儿的触目惊心。

这些景色啊，真的迷死人了，一草一木，一花一叶，都叫我难以压制自己的心情，不想走了，真的想在这里慢慢老去。

都说山有菩提，逢花是春，我真的在那些花草水木里找到自己想要的光阴。

攀过石梯，穿过木桥，路过林间小径，那风景仿佛让我隔离了尘世，一个字，美得心醉。没有了喧哗，远离了尘烟，我发誓，只想与这里的一切纠缠。

那时想，尘世里的悲欢离合算得了什么，抛离了那些不称心的，没有什么与这里可以媲美。一个人，一片天，一束花，一些美得流泪的画面，还有什么比得过这时光阴。

难舍的时光，我在心里种下一程风景，与某个记忆的镜头撞了一个满怀。于是，所有的暖凉，都在这满满的情意里，透露着清晰的美。

一直向往清幽的环境，没有嘈杂，也没有尘烟。还有这种清寂，带着寂寂的气息，整个叫人难以舍去。

清冷的小径，安静得只剩下时光流淌的声音，那些层层的石阶，木质的小桥，清澈的流水，还有偶尔钻出云层的阳光，这些感动，温柔得可以忘记自己的存在。

忽而想，如若有那么一日，和自己喜欢的人在这里过下半生光阴，那应该是一种多么奢侈的事情。这些风，这些景，一些人，一些事，原来，一切都在心里装着，就像这丝丝空气里，牵扯着前世今生……

天渐渐晚了下来，周边有寂寞的颜色聚拢，带着微凉。黄昏的尽头有云彩慢慢飘过，遮住了半截夕阳，这是错落的美，美得那么心动。

一切都在蔓延，且带着白昼仅有的一点温度，抹去天边最后一道霞光。

看了这么多风景，心，膨胀得满满的，连心思都跟着温柔起来。太适合选择终老了，想到这里，心飘飘而然……

有时想，生活太累，能适当地放纵一回，人生又何来的遗憾？

而这里，就是跟我心连在一起的场地。第一次这么偶然，

第一次让我回到了前世的梦里。

　　我不爱花红柳绿，独爱这里的清静。一切都绕啊绕，缠啊缠，逗留着不想离去了。

第八章

那一年栀子花开

一直都喜欢花。

记忆里的花都是那种素素的，白白的那种。不是不喜欢有颜色的花朵，而是有些花太过娇艳，我怕视线禁不住引诱，就被迷惑。

自打我从小开始，就特别钟爱素色的花朵，每次上山，都特别亲觅那些素色的小花，觉得只有那颜色才适合自己的心情。以至多年以来，这种习惯一直不曾改变。

或许，很多依恋就像感情，习惯了一件事，或一个人，这种习惯就会一直延伸下去。

其实，我最喜欢的是栀子花，一直想为它写一篇文字，写它的白，它的纯，它的味，只是很多次，很多次，我落下的笔，又抬起。都说，每种花都有一个故事，它的故事一定关联着一些爱情。

记得，那个时候还不怎么长大，正值花季的年龄。每到栀子花开放的时节，邻家院子里就飘过来一种特别香，特别香的味道，那个时候，总喜欢踮起脚尖，想爬上不是很高的墙院，看看栀子花开的模样。但邻家的爷爷像顾及他的生命一样，每次院子的门打开就马上关闭了，这越发引诱了我的好奇心。

我知道，和邻家爷爷生活在一起的，还有一个比我大一岁的哥哥。清瘦的那种，像营养不良（那时，我经常那样笑他）。为了栀子花，我有事没事地接近他，只是邻家哥哥那个时候很内向，很少说话，每次的话不多，很礼貌的那种，把我搁在那里，不爱搭理。我这人好奇心特别强，越是不搭理我，我越是想接近他，所以每次没话找话，但是机会不多。

天天闻着飘过来的花香，心里就有一种冲动的感觉。一天，我问妈妈，说邻家的哥哥和爷爷怎么不喜欢说话，很孤僻。妈妈告诉我说，女孩子，别乱打听，爷爷和哥哥都是善良热情的，只是他们家经历了很多事变，才不怎么开心，以后不要去烦他们，知道吗？

我是一个闲不住的女孩，心里面有事就一直搁在心里，以致晚上睡觉都想着这件事。妈妈终于经不起我每天的磨缠，说了一件很难接受的事情，原来，哥哥的爸爸和妈妈出车祸去世了，家里就剩下一个老人和一个孩子，当时，听了妈妈这么说起，心情就特别的难过，以致此后很多天，都没去找哥哥说话，不是不想找他，而是，我知道他们的事情后，不知道怎么安慰他们，那时候的我心里特单纯。

一天中午，我家房门响起了咚咚的敲门声，我在想，谁这么礼貌地敲门（门没有关闭，只是半掩），我打开另一半，看见一小盆清香带着白白的几朵花儿出现在我的视线里，原来是邻家哥哥。

他微笑地说着："送你，知道你喜欢我们家的栀子花。"

那一刻，我感动得无语，不知道怎么感谢，还是妈妈听见哥哥说话，赶紧出来接过，连声说了道谢的话。

以后，那盆栀子花就成了我的宝贝，每天看着它们，我可以数清有多少片叶子，有几朵花骨朵，有几个半开的，有几朵全开的，甚至那些枯萎的花瓣我都舍不得丢掉。我把快要枯黄的花一朵一朵地剪下来，在太阳下晒干，做成一个个花签，细心地用一个盒子收起来，就是妈妈都不准碰。

从那个时候起，心里开始有秘密了。也从那个时候起，我和邻家哥哥的距离也就拉近了。

我从哥哥的嘴里，知道他有一个好听的名字，蓝枫。但那时我不叫他的名字，我还是习惯叫他哥哥。（这个习惯，一直到很多年以后都是，也许开始就叫错了）。

从那时开始，我的生活不仅多了一个哥哥，我还多了一个伴，每天上学，放学，不再是一个人了，他家的院子也不再对我关闭，我成了他们家的常客。每次去的时候，爷爷脸上总是挂着开心的微笑，有什么好吃的都给我留着，还特别嘱咐，不准哥哥欺负我。每次爷爷说这话时，我都偷偷好笑，哥哥怎么会欺负我，都是我欺负他。也是每次这个时候，哥哥都无奈地撇嘴，我就向他扮鬼脸，冲他得意地笑，直到笑得喘不过气。

一直都钟爱文科，所以我的数学成绩不怎么好，每次考试都不怎么理想，尤其是对数字不敏感，一些公式化的老是记不住，但是哥哥的数学成绩特别棒，每次考试都在班上前几名，但从不骄傲，也不喜欢显示自己。于是，妈妈就叫哥哥辅导我数学，我当然求之不得，那样就可以避开妈妈的唠叨，老是说我的不是。

每次哥哥教我的时候，我都不怎么认真去听，老是打断他的话，提出反问，弄得他每一道题都要教很多遍，我知道我是故意的，想拖延时间。哥哥的脾气特别好，不管我怎么刁钻，他都一一解答，有时弄得我想不出问题来反驳他，只有乖乖地把每次的作业完成。反正，从那个时候起，我就想黏着他，那感觉特别的好。

那个时候，天是蓝的，雨是滋润的，心，纯得像一张白纸。

每天和哥哥一起上学、放学，在别人的眼里，我们真的就像一对亲兄妹。在哥哥的眼里，我就是一个长不大的孩子，需要他呵护，需要他保护，那个时候，我也一直以为哥哥也是把我当着妹妹看待的。直到有一天，哥哥看我的眼神多了一丝特别的温柔。

青春的一场花季又来到，又是栀子花开的时节了。而今年的栀子花开得特别多，也特别特别的白，白得惹眼，纯得撩心。

我的那盆栀子花也比去年长大了很多，想给它们分成两盆，可哥哥说，分开了怕它们枯萎，不如移到一个大一点的花盆里，那样更适合它们的生长。我们找了一个大一点的花盆，小心翼翼移入盆里，轻轻添上泥土，再浇上水，看着哥哥细心专注的样子，感觉像是在照顾一个孩子。

我不行，我就是一个马大哈，做什么事都特别粗心，尤其丢三落四，但每次我无论做错什么，哥哥从不会说我，总是替我遮掩或帮我记住想不起的很多东西。就连移动小小的花盆，弄得我脸上头上都是泥土，看着我滑稽的样子，哥哥开心地笑着说："小花猫，别动。"

一边说着一边从兜里拿出手绢，轻柔地擦去我发上和脸上的泥土。看着哥哥温柔的眼神，我第一次感觉他是那么高，那么帅，心不由得有点乱乱的。清理干净了，哥哥随手摘下一朵开得特别好的栀子花插在我的发梢上，嘴里喃喃地念着：只有我的妹妹才配得起这样洁白的栀子花。

以前，我知道哥哥和爷爷那么爱栀子花，是因为那花是他爸妈留下的。现在，我也成哥哥心里的栀子花，心，温柔得如这个季节的花儿，别提有多高兴。

这一年，哥哥马上就要高考了，我高二，他每天除了准备迎接考试，更多的时间还是替我补习数学。高考对于他来说，是一件很简单的事情，在我眼里，哥哥永远都是那么优秀。

果不其然，哥哥以最优异的成绩被一所名牌大学录取，通知书发下来时，爷爷、妈妈和我都开心得不得了。

那个夏天对我来说，是开心的，也是忧虑的。开心的是这个夏天哥哥可以陪着我，难过的是，哥哥马上就要去另一座城市了。

看着盆里没有了白白的花儿，只有绿得发亮的叶儿，那个心就湿得如雨季的水滴。我开始不再像以前那样没心没肺了，经常看着栀子花发呆，那个时候的我，不知道这就是爱情，只是感觉哥哥要离开了，心，隐隐地疼痛。

哥哥终于要离开我们了。那一晚，星星特别亮，哥哥指着一颗离我们最近的说：傻丫头，难过什么，哥哥就是这颗最亮的星星，时刻都在你的身边，再说，一年后，哥哥在高校等着你，为你接风。

听了哥哥的话，心里热乎乎的，也乱乱的，甚至有些莫名的心跳。我觉得脸上热热的，眼睛有些湿润。我仰起头，把哥哥的手拉过来贴在脸上，哥哥看着我明亮的眼睛，抚摸着我的秀发，轻轻拥住我娇小的身子，把柔软的嘴唇印在了我的额头……

哥哥走的那天，我把收藏了一个季节的栀子花签送了一半给他。哥哥仔细看了看，轻柔地捧在手里，低下头，闻了闻，当作宝贝那样夹入了书中，那个场景，至今都不会忘记。

时间，一天一天地走过，哥哥的信终于来了，信里除了问候，还有特别嘱咐我要好好学习，替他过去多看看爷爷。还说，看见盒子里的花签就像感觉我在他身边。第一次读哥哥的来信，我不知道这算不算情书，但是我却把这封信捧在怀里，流了很多泪，也是第一次为哥哥流泪。

日子，就这样不温不火地过着，我除了忙碌地学习，准备迎接高考，其余的时间就念着哥哥。想他的时候，我就会拿着剩下的一半栀子花签静静地看着。有时，我也会仰望着天空发呆那一会儿，我和哥哥一样喜欢蓝色，虽然蓝色代表忧虑的象征，但是，在我们心里，蓝色代表纯洁的爱情，和栀子花一样纯洁。

哥哥的信没有以前来得那么勤了，他说，让我安心迎接高考，就少来信了。

终于，我没有辜负哥哥的希望，考上了大学，虽然不是名牌大学，但是在妈妈和爷爷的心里，一样是他们的骄傲。我把这一喜讯写信告诉了哥哥，他也替我高兴，但是语言不多，信里多是一些关心和祝贺的话题，却跟爱情无关。第六感觉告诉我，哥哥有什么事情瞒着我，还说这个暑假会回来迟一点，叫我和爷爷不要担心他，也不要写信了，反正快放假了，信不一定收到。

这一年的栀子花没有往年开得那么好，也许是忙于学习，也许是哥哥不在，缺少了我们的呵护，总之开得比较少，稀稀拉拉的枝头，就开着那么几朵，颜色还是白得那么纯洁，只是看上去，却少一些什么。

在思念的日子里等待，我知道爱情的滋味是多么难受。

那个六月，哥哥终于回来了，可是，我第一眼见到的是，满身的疲惫和负累，不再是以前看见的那个阳光帅气的哥哥。

我知道，一定有什么事发生了，一定有。

我接过哥哥手里的背包，心里满是痛惜。我知道这个时候，我除了关爱，别的什么我都不想知道，只要哥哥平安归来，不管发生什么，只想看见他。

哥哥回来几天了，心情稍微有所缓解，我预感到他心里有什么难言之事。因为他不再像以前那么多话了，我们之间就像隔着一道无形的距离，总感觉那么别扭。

那一年，雨水和今年一样，特别的多，特别的潮湿，好像稍微碰触一下，就会滴出水来。我不问哥哥这半年在学校里发生了什么，因为很多事情太清楚了，会触痛我。但我知道哥哥不说，一定有他的原因，也许他在找时间，找一个可以令我接受的时间。

那天，我在给栀子花修剪花枝，很久不曾管它，上面沾满了灰尘，还有一些枯枝残叶落在盆里，显得那么凋零，心不由得一阵痛。

哥哥来了，也不知什么时候来的，静静地靠在门边，看我修剪，也不说话。但是，我却分明从眼神里看见了他的难过。终于，他开口说话了。我一边修剪花枝一边听，其实，我只听见前面几句，"妹，哥有了女朋友，但是，事情不是你想的那样，这辈子，我必须照顾她……"至于后面哥说什么，我都没有听进去，因为我心在滴血，像刀割那样痛。

那一天，我把自己关在房间，没有出过门，也没有说过一句话，不管哥哥和妈妈怎么在门外叫我，始终都不曾出声。窗外的雨淅沥地下着，我出神地看着那雨，落啊落的，像是落在我的心里，那么湿，那么冷得浸心，像钻进了骨髓。

那个六月，我没有笑过，也不想再看见哥哥，我知道他心里比我还难过。但他没有办法选择，他必须面对，因为那个爱他的女孩为了他，在一次放学横穿马路的时候救了他，而她自己却失去做健康人的机会，因此而残缺了。

看着面前的这盆栀子花，我知道，很多东西是无法挽回了。我翻阅了栀子花的花语，"永恒的爱与约定"，多么入心的语言。于是，我选择了爱，不要约定。爱一个人不一定相守，只要这一生远远地看着他，幸福就足够。

开学了，哥哥送我去了我报考的学校，也带去了那盆栀子花，他说："妹，你就是这束洁白的栀子花，无论何年何月，永远都开在哥的心里，从不会凋零"。

看着哥哥离去的背影，我的泪簌簌地下落。

"哥，只要你幸福，我就做你一辈子的栀子花，默默地陪着你，一生一世。"我轻轻在心里喊出……

第九章

流过的泪，是爱过的证明

出版社给我这个书名的时候，是在冬月里最冷的那几天。

那天，天特别的低温，气温低到零下三摄氏度，是十多年来最冷的寒潮。接到这个标题，一直没有动笔。我不知道该怎么写，该从何写起，写浅了怕不够深度，写厚了怕泄露了太多的心事。

说实话，我不怎么喜欢这个书名，不是因为这个名字涉及感情，而是这几个字触痛了内心。

　　那几天，全国各地大部分城市都在下雪，而且很猛烈，很强大，很多地方的雪，深不可及，触目惊心。就像人的感情，很多年的心事累积在一起，顷刻间从天而降，全部爆发了，全都倾泻了，一发不可收拾……

　　针对这个题目，我想了很多思路，想了很多往事，都理不出头绪。于是，我发了这个标题给 T 看，T 说，慢慢来，很多东西不要太刻意，太刻意的东西写出来就死板了，就失去了新意，少了特别的味道，多了一些俗味。

　　整个上午都在思索这个书名，我翻看了很多文章，看了以前写的情感散文，觉得那时候的文字太青涩了，有点心痛，有点失落。突然就那么没有了信心。

　　到底是冬天最冷的时日，心不免有几丝心慌，连桌上的富贵竹都在这低温的天气夭折了生命。都怪自己没有好好照顾它，辜负了富贵竹的一片深情。心，越发低落，没有了下笔的勇气。

　　中午，我的小城飘起了雪花，想了多日的雪终于来了。开始很细小，不厚实，像细碎的棉絮，在空中狂乱地飞舞，那气势很磅礴。那时，正在做中午饭，一边往锅里掺进植物油，一边朝外面看。我打开了半边小窗，那雪花就随着风涌了进来，一片接一片地落在锅里，哧哧的油炸声很是动听。

我拿起了手机发出了一个信息给 T：下雪了，漫天乱飞，只可惜落地就化了。

马上有回音过来：你们南方的冬天是捆绑不住雪花的，能让你看见落雪，这个冬是你的愿望，已经很不容易了。天冷，好好爱自己。

那一刻，有潮湿在眼眶溢出，心有膨胀的感觉，向外延伸。我知道，T 是懂我的，即便是他没有说出，隔着时空我亦能感受到那一份情意有多深重。

这个冬天，心情一直处于低落，仿佛光阴把所有的温度都已隔绝，让人的心不由得生出疼痛。

很多时候，我都把自己孤立，不想说太多的话，怕一张口，就泄露了内心太多的秘密。每天一个人两点一线，从家里到上班的地方，再从上班的地方走回家里，一个人孤单时，就多了一种压抑的情绪在心里。

冬来的时候，我和 T 相识，T 是一个稳重的男人，不怎么多言多语，但很多时候只要开口，就特别受听。

或许冬天就特别期待温情。来去的回复里就多了一些私人话题，虽然聊得不多，但偶尔的问候里，也多了一些嘘寒问暖。我们从工作之事到无话不谈，渐渐地彼此之间就多了一些了解，多了一份惦念。

T 说，最开心的是有我的信任。是的，生活中若有一个可以说心里话，而且毫无顾虑的朋友很不容易了。

聊到生活，更多的是感慨，他说，一个人最孤独的时候，最需要有人聆听，无论开心的和不开心的，都可以畅所欲言，不计较后果。

每次与他说话，总会有一些温暖在心底升华。他平静地说，我安静地听。说到心酸处，总会眼眶湿润，泪流满面……他总说，生活就是生活，没有过不去的坎儿，有的东西是需要自己去争取的。家就是付出，没有什么回报可言，如若，有的感情可以延续，可以挽回，尽量把彼此的伤害降到最低，而后，做一个安静的女子，好好地爱自己。

夜很深，窗外不时有风碰响窗棂。那一刻，我感受到隐藏在心里的伤感顷刻间释放许多。

原来有的心情是可以倾诉的，而有的心情是需要有人开导的。

其实，每个人的内心都有不可言说的秘密，曾经，爱过的，拥有的，辜负的，原来一些伤痛，那些都是爱过的证明。一个人纠结时，要么放弃，要么继续，要么寻找一些风景，要么充实自己的内心。

T 的话敲醒了我。就像他所说的，每个人都有自己的不快乐，看着大街上来来往往的人群，真正过得幸福的又有几个，我们也只不过是这人群中的一个而已。别和生活较真，较真了累的只能是自己，有的事情过去了就过去了，往往流过泪后，就足以证明自己又离成熟近了一步。

于是，很多放不下的心结也慢慢释放了许多。

开始不再计较生活里的那些得失，收拾好自己的心情，打理一些零散的光阴，做自己想做的事情。比如怎样调理好自己的生活，比如怎样打发时光，比如把自己静心投放在文字里，这样的光阴反而让自己多了一层不一样的意义。

这个冬，我释然了许多，也收获了许多。如今再面对以前那些过往，内心的怅然与失落就再无纠结可言。一个人的夜，寒凉寂静，而心里全无怨言。有的，只是随其自然，过好后半生的小光阴，也是对自己的一种承诺。

　　是夜，很静，我在灯下敲字，内心的淡然让自己吃惊。我终于可以写出这些长满灵性的字符《流过的泪，是爱过的证明》。

　　不是吗？所有生活里走过的一切，都是一场灵魂的见证。无论苦与甜，喜与悲。

第十章
梦落冬院

冬夜，凉得心寂。月光正好落在窗前。

南方的夜，在月下的光影里，一圈一圈拉长了寒意的浓烈。

我是一个喜静的女子，这个时候的寂寂，恰好合了我的心意。月上枝头，有光影掠过，隐约里，我似乎听见有低低的声音碰触心窗。

今夜，我想写一些矫情的文字，梦里梦外都是月辉，都是一个人的影子。月影低下，雾气越来越浓，心，也越来越柔。

窗外，忽而的流光声惊得心儿晃悠。

这时的小院，很静，适合一个人遐想，适合一个人，就一个人，不需要太多。

光阴，终归老了几许，就像黑夜里深寂的音符，老得有点沧桑，有一股旧味，像有几百年那么深远。忽而，想起《爱有来生》里的那个小院，一棵银杏树，一扇轩窗，窗内有一女子，续一杯清茶，在等待一段老了的情缘。

而此时，我就像剧中的那位女子，坐在月光洒落的窗下，静静地发呆。

清寂的院落，有安静的气息，流动的声响里，似乎有缠绵的味道在向我靠近，一点一点，不敢声张，怕惊扰了这份错觉。

这是黑夜，心思最涌动的时刻。清辉里，只见月的影子拖着长长的尾巴，缓缓地向前移动，时间的声音很清脆，一滴一滴，像夜色凝结的水，裹着暧昧，沾着清露……

这种气氛很踏实、很安静，给心一种所属，那是温柔在缠绕。

忽然间，莫名的感动，就是这气息，那么熟悉，那么心动。瞬间，有什么东西在眼角打转。

　　我在想，那个《爱有来生》里名叫小玉的女子，每天沏一杯清茶，等待她前世的恋人，是何等的情长？那一夜，银杏树被风吹得哗啦哗啦直响，那一夜，云朵没有遮住月光。风，又掀起了她的轩窗，院落的叶儿映了一地的影子，凄凄楚楚，只为等前世的那段姻缘。箫声四起，凄美得心痛，而她只做一件事，茶凉了，又续上。

　　小院，如此静谧，落叶坠落撞击地面的声音不绝于耳。时间从一个指尖滑向另一个指尖，月影星移，风碾过一程又一程寂凉，而她依然保持原状。

　　这种意象多么撩心，惹得心思染上了一层又一层暧昧，像镶嵌在光阴的夹缝里，抹不去，抹不去呀。

　　时光去了，什么都成了旧样。老了，一切都老了，小院老了，光阴老了，连想一个人的心也老了。这夜色，就像一张情网，网住所有的流逝，太惆怅了。那年少的青涩，那年的花季，那年的爱情，还有那年那月的风景，就这样在心头绕啊绕，缠啊缠。

　　老旧的院落，就像心门，被一把生了锈的钥匙打开了尘封的防线，一泄如水呀，想挡都挡不住。

　　终于全都释怀了。厚重的情感，厚重的月华，厚重的心思，厚重两字真的适用。特别在这冬夜的深院，初时，凉得吓人，没有喧哗，没有流动，没有情怀的蔓延，只有我一个人在清寂的夜里，冷飕飕地直冒寒气。

　　我真的想做那个像小玉的女子。

　　发黄的灯光下，沏一杯清茶，翻看旧影，等一个人，不管来与不来，在与不在，都那样等。满屋的香气，那是茶的味道，还有一个人的气息，不孤单，不寂寞，因为有爱情在心里。尽管很旧、很凉。

　　月落冬院，我在光阴里修炼一幕幕缠绵。记不清多少个夜深的日子，我对着西窗，看月起月落，听风从檐口滑过。那个时候的心是静的，静得可以听得清自己心脉的跳动，和血液流窜的骚动。

　　一个人的夜，是安静的。

　　这个时候，你可以倾听流光从心头滑过，可以聆听情感的声音击中你身体某个部位，甚至你可以听到呼吸声，在一滴滴的气流里，似一朵朵莲悄然绽放，而后将你的心一并掠走。

后序

别了，我的二零一五

"别了，我的二零一五。"

说出这句话，是我早起站在窗台，向外远望时，不经意心里蹦出的一句话。

那时，有风从窗外涌进。有点寒，带着雾气，不彻底的湿，终没能溢出我的眼眶。是心，早就忽略了这冬深的寒意，或是，将往昔的一切早已淡漠成烟云。

这一年，终将快过去了。我内心的风景，我念着的人，我喜欢的种种……还有那些被时光淘洗成灰白的故事。我不说，就这样在心里默默地念着。光阴走了，季节更改了当初，即将轮转的春，又将在枯黄的枝头苏醒。

回望所有的走过，有欢喜，有惆怅，有收获，也有失落。

我想做的很多，想说的也很多，可这些很多终在一些言语里沉默。雾气越来越重，转身，进屋为自己加了一件厚的长款型大衣，棉麻的，是我喜欢的那件，再为自己倒了一杯白开水，焐在手心里取暖。这时的太阳稍稍露了那么一点影子，模糊的圆圈，淡淡的红，有点暖色相加在上面，我感觉暖气在向我靠近。

这个冬，一直都渴望阳光多一点出现，我不是怕冷，而是，有阳光的冬天总会让心多一些温暖。

冬日里，人也变得懒散了许多，不想动，怕一动热气就会在身上消失。屋内有一种散落的场面，很凌乱，看着有点愁心。窗台上的几盆花很多天也没有浇水了，微黄的枝叶显得更加凋零。我是心疼这些花儿了，有点埋怨自己的不负责任。当初买回时，就答应了会好好照顾它们的，怎么就辜负了它们呢。尤其是杜鹃，差点被我养死，想想就后悔。

我是一个记性比较差的女人，甚至丢三落四。我担心，有一天我会把自己也弄丢了。我不知道，我的心在哪里，我只知道，我遇见了文字，就把自己整个人都弄得神经兮兮，有时候，晚上做梦，都在嘴里轻念一些字符。

我写了这样一句话："世界和你，我只选择一个。如今，我选择了你。整个世界，都在我心里。"对于这些小蝌蚪似的东西，我真的用心了，且深深眷恋。

2014 年末，我出版了第一本文集《寂寞的烟花》。那时候的文字是青涩的，缺乏一定的内涵，没有深度，也缺乏中心思想。但我感到骄傲，至少，我走出了自己的第一步，也完成了自己的一个梦。

2015 年，尽管日子过得并不随心，但是，文字这条路我舍不得放下，依旧在忙碌的日子里一边打理生活，一边抽时间继续编织自己的梦境。文字的国度很深，我在想，既然已经陷进来，就让自己沦陷吧，不求有一日超越，只求有一日，我还能在老了的日子里，翻看自己一路走过的足迹。那时，我会笑着说，我的一生，没有白白浪费。

我在《梦落冬院》一文里写道："我想做那个像小玉的女子，租一个很静小院，一个人，一杯茶，一本书，再加一段缠绵的音符。哪怕有点沧桑，有股旧味，也愿意待在那样的环境里，重温一些老了的故事，就像等待一段老了的情缘，也不枉来世一程。"

是的，人生短暂，有梦又何必在乎那些悲欢离合，得到与失落。

想起那篇《隔着光阴的暖》里的一句话："感谢时光的赠予，我时常能闻到生活的鲜味，还能在疲惫的气息里，将日子过成诗，即便是有厌倦的时候，也是带着满满的欢喜。"

我不求人生富贵，只要有光阴的日子，再疲惫的生活，我都会努力让自己欢喜。

春来了，我写情，即便内心是空的，也会让感情饱满在三月的枝头。

夏来了，我写凉，我用文字的凉意将六月的火热降到最低。

秋来了，我写自己，因为我喜秋，秋就是我灵魂的支撑，所有不该写的，该写的，都统统在我的笔下见证我情感的疯长。

冬来了，就意味着一年的结束，我写情，写爱，写欢喜，写失落，也写收获和感受。因为冬有雪花，雪花是爱情的结晶，这么美的精灵，我怎么会错过。

不管《一枕雪》或是《等雪来爱我》都是我冬季里对爱和生活的期待与向往。

我庆幸自己，没有辜负时光，没有辜负生活，没有辜负陪我一同走过的朋友。因为有了文字结缘，才有了认识你们的机缘。

2015 年的每一天我都不曾怠慢过。我欣慰有光阴的日子，每一个细节都是那么温馨。空闲的时候，我写文字，种花草，暖自己的小窝，尽量让自己做一个朴实、温柔、多情的小女人。

周末，我带女儿们爬山，去看花草，捡落叶，去追逐蝴蝶，那篇《疲惫了的蝴蝶》就是借孩子对紫薇花的比喻，让我重新认识到，原来这世上像蝴蝶的东西有很多很多。

只有冬季特别忙碌，我很少有时间外出。但我对自己说：

"2015 年，我不曾辜负过，至少，我让文字见证了一场走过。"

冬院深深，花开花落，所有的一切都值得我们拥有。

面对阳光雨露，花草树木，每一寸光阴都要带着不辜负。人生尽管漫长，生活负重，只要心里有一层暖意，就不会拒绝被温暖包裹。

2015 年，我感谢时光的恩赐，感谢生活的给予，感谢我身边的每一位亲人、朋友。是你们让我在文字的路上，有了坚持的信心，是你们的情意让我的笔墨有了写不完的思路。

别了，我的 2015 年。别了，那些走过的风景。别了，那些被光阴洗白的故事。

如若

可以用眼泪来盛装爱情

那么

我愿意流干所有的泪水

只为

圆一个梦

来证明爱过的不悔……